U0942613

Yilin Classics

Robert Louis Stevenson

经/典/译/林

Treasure Island

金银岛

[英国] 史蒂文森 著

王宏 译

译林出版社

图书在版编目（CIP）数据

金银岛／（英）罗伯特·路易斯·史蒂文森著；王宏译．—南京：译林出版社，2020.1（2024.9重印）
（经典译林）
ISBN 978-7-5447-8010-0

Ⅰ.①金… Ⅱ.①罗… ②王… Ⅲ.①长篇小说－英国－近代 Ⅳ.①I561.44

中国版本图书馆CIP数据核字（2019）第218362号

金银岛［英国］史蒂文森／著 王 宏／译

责任编辑 袁 楠 金 薇 张紫毫
装帧设计 韦 枫
校 对 戴小娥
责任印制 董 虎

原文出版 Dover Publications, 1993
出版发行 译林出版社
地 址 南京市湖南路1号A楼
邮 箱 yilin@yilin.com
网 址 www.yilin.com
市场热线 025-86633278
排 版 南京展望文化发展有限公司
印 刷 江苏凤凰盐城印刷有限公司
开 本 890毫米×1240毫米 1/32
印 张 8
插 页 4
版 次 2020年1月第1版
印 次 2024年9月第9次印刷
书 号 ISBN 978-7-5447-8010-0
定 价 35.00元

译者序

十九世纪的英国文坛，浪漫主义文学和现实主义文学交相辉映，大放异彩，涌现出一大批才华横溢的伟大作家，其中有拜伦、雪莱、济慈等浪漫派诗人，也有狄更斯、萨克雷、勃朗特姐妹、哈代等现实主义小说家。史蒂文森以其独特的风格脱颖而出，当之无愧地成为新浪漫主义文学的杰出代表。

史蒂文森的全名是罗伯特·路易斯·史蒂文森（Robert Louis Stevenson），于一八五〇年十一月十三日出生于苏格兰的爱丁堡。他的祖父和父亲都是土木工程师，在灯塔建筑方面成绩斐然，十分希望史蒂文森长大后能继承自己的事业。一八六七年，史蒂文森秉承父亲旨意进入爱丁堡大学攻读土木工程。其实他从小就对文学情有独钟。史蒂文森曾回忆道："我整个儿童时代和青年时代一直在为一个目标忙着，那就是练习写作。我的口袋里总是装着两个本子，一本是阅读的书，一本是写作的本子。"因此入学不久，他便向父亲要求改学文学，结果未获批准。作为折中，父亲让他改学法律。一八七五年，他通过毕业考试，成为一名律师。但他对文学的热情没有丝毫减退，即使在受理诉讼案件时，仍抽空从事文学创作。一八七八年，史蒂文森出版了他的第一本游记《内河航程》。一年后，又出版了《骑驴漫游记》和《人与书散论》。从此，他放弃律师业务，潜心写作，在短短的一生中写下了大量散文、游记、随笔、小说和诗歌，其中有许多已成为英国文学宝库里的瑰宝。一八九四年，年仅四十四岁的史蒂文森突患中风，病逝在太平洋南部西萨摩亚首都阿皮亚，并葬在当地一座能俯瞰太平洋的高山上。他的墓碑上铭刻着他亲自撰写于多病的一八七九年的一首著名《挽歌》：

在宽广高朗的天空下，
挖一个墓坑让我躺下。
我生也欢乐死也欢洽，
　　躺下的时候有个遗愿。

几行诗句请替我刻上，
他躺在他向往的地方——
出海的水手已返故乡，
　　上山的猎人已回家园。

史蒂文森自幼体弱多病，须经常异地疗养。也许正是由于疾病缠身，他的想象力十分丰富。他喜欢新奇浪漫的生活，崇尚勇敢行为。在他孱弱的身躯里，蕴藏着一颗热爱生活、充满幻想的心，这一切都在其文学作品中得到充分的表现。早在中学时代，史蒂文森的文学天赋就崭露头角。他曾独自编辑出版了一份小报，上面刊登的作品就是他海阔天空想象的产物——一些曲折离奇、浪漫动人的惊险故事。同学们读得津津有味，他也十分开心。史蒂文森后来的作品继承了这种风格。故事的背景往往是变幻莫测的海洋、荒无人烟的宝岛或充满浪漫情调的异国他乡。史蒂文森认为，艺术家应满足人们对于罕见之物的憧憬，小说对于成人应如戏剧对于儿童，“唤起人类梦幻中金碧辉煌的区域”。正是由于这种艺术主张，他的作品大多充满浪漫传奇色彩。展现在读者眼前的是一个他们从未经历过的神奇的冒险世界。读史蒂文森的小说使读者犹如身临其境地走遍天涯海角，经历种种奇特的遭遇。这些引人入胜、风格独特的小说，一百多年来一直受到世界各国读者尤其是青少年的喜爱。史蒂文森的主要代表作有：《新天方夜谭》（一八八二）、《金银岛》（一八八三）、《化身博士》（一八八六）、《诱拐》（一八八六）、《黑箭》（一八八八）、《错箱》（一八八九）以及《海岛夜谈》（一八九四）等。这些作品以动人的情节、娴熟的技巧、精妙有趣的描写、简练典雅的文笔吸引了成千上万的读者，并为他赢得了世界声誉。他的文学思想得到许多评论家的赞赏。我们在读他的书，欣赏他在飘荡、多病、短暂的一生中辛勤创作出的众多艺术作品时，会感到无比惊喜并常常从中获取有益的启示。

《金银岛》(又译《宝岛》)是史蒂文森所有作品中流传最广的代表作，其故事情节起源于史蒂文森所画的一幅地图。一八八一年冬，新婚不久的史蒂文森携夫人和养子回到苏格兰的住所。此时天气十分寒冷，屋外雨雪纷飞，全家人只好整天待在屋内烤火。史蒂文森的养子劳埃德·奥斯本——一个十二岁的男孩要求他干一些有趣的事情来打发时光。于是史蒂文森拿起画笔，画了一幅题为“金银岛”的海岛地图，并逐一命名岛上的小山、河流和海港。史蒂文森后来回忆道：“当我望着金银岛地图时，本书中未来人物的面孔一一浮现在我的脑海里，他们在这几平方英寸的平面图上为探宝而厮杀搏斗，来回奔走。我记得我做的第二件事便是铺开一张纸，在上面写出本书各章目。”《金银岛》共分为六部分，主要由一位名叫吉姆·霍金斯的少年自述他发现寻宝图的经过，以及在出海寻宝过程中如何智斗海盗，历经千辛万苦，终于找到宝藏，胜利而归的惊险故事。书中人物形象有血有肉、鲜明生动，既有细致的心理刻画，又有精确的行为勾勒。吉姆·霍金斯是一个敢作敢为、机智活泼的少年。他每次单独行动都让人为他提心吊胆，然而，他总能化险为夷并有重大发现。从他身上，我们看到了人类好奇心对自身发展的重大意义。而在读到两面三刀、心狠手辣的海盗头目西尔弗时，我们不禁为世上竟有这样的人渣感到羞愧。尽管在故事结尾，西尔弗弃暗投明，站在了正义的一边，他在返航途中却私偷了一笔钱，然后逃之夭夭。从这件事情中，我们不难看出，人走上邪恶之路后要改邪归正是多么困难。对岛中人本·冈恩，作者虽然着墨不多，但这个因迷恋钱财而被放逐孤岛，“似熊，似猴，黑糊糊，毛茸茸的怪物”的遭遇似乎是在提醒人们一味追求金钱可能造成的灾难。全书脉络清晰，故事情节跌宕起伏，具有很强的可读性。这不能不归功于作者在构思布局、渲染气氛、刻画性格方面的卓越技巧。比如：

霍金斯太太在从死去的海盗的皮箱中取钱时,形势已是万分紧急,其他海盗随时可能出现,但她却“不同意在收回她的欠账之外多拿一个铜板,又固执地不肯少拿一个铜板”;吉姆在“希斯帕诺拉号”上与海盗伊斯雷尔·汉兹进行的那场扣人心弦的生死搏斗中差点被伊斯雷尔暗算;吉姆躲在苹果桶里偷听到海盗密谋反叛的谈话后险些被当场抓住。随着故事情节的展开,紧张惊险的场面接踵而来,让人非一口气把全书看完不可。

《金银岛》曾被译成各国文字在世界广泛流传,并多次搬上银幕。我国曾出版过好几个译本。这次译林出版社组织对该书进行重译,译者对照原文,对以前译本中出现的理解错误一一进行了修订并力求在语言的精练方面再现原作风格。至于在这方面做得如何,还有待读者在读后提出宝贵意见。

王　宏

二〇〇〇年五月于苏州大学

目录

第一部　老海盗

第　一　章　本葆将军客店的不速之客 ……………………………… 3

第　二　章　黑狗的出没 ……………………………………………… 10

第　三　章　黑券 ……………………………………………………… 17

第　四　章　水手皮箱 ………………………………………………… 24

第　五　章　瞎子的下场 ……………………………………………… 30

第　六　章　船长的文件 ……………………………………………… 36

第二部　海上厨师

第　七　章　聚集布里斯托尔 ………………………………………… 45

第　八　章　西贝格拉斯酒店 ………………………………………… 51

第　九　章　火药和武器 ……………………………………………… 57

第 十 章 海上航行 …………………………………………………… 64
第十一章 获悉哗变计划 ……………………………………………… 71
第十二章 军事会议 …………………………………………………… 78

第三部 岸上遇险记

第十三章 初上金银岛 ………………………………………………… 87
第十四章 第一次打击 ………………………………………………… 93
第十五章 岛中人 ……………………………………………………… 99

第四部 木寨

第十六章 弃船的经过（由大夫叙述） ………………………… 109
第十七章 舢板的最后一趟行程（由大夫继续叙述） ………… 115
第十八章 第一天战斗的结果（由大夫继续叙述） …………… 120
第十九章 守卫木寨的人们（以下转由吉姆·霍金斯叙述） …………………………………………………… 126
第二十章 西尔弗来谈判 …………………………………………… 133
第二十一章 打退敌人的进攻 ……………………………………… 139

第五部　海上冒险

第二十二章　我的海上冒险的开始 …………………… 149

第二十三章　潮水急退 ………………………………… 155

第二十四章　小船巡洋 ………………………………… 160

第二十五章　我降下了海盗旗 ………………………… 166

第二十六章　伊斯雷尔·汉兹 ………………………… 172

第二十七章　“八个里亚尔!” ………………………… 181

第六部　西尔弗船长

第二十八章　身陷敌营 ………………………………… 189

第二十九章　又是黑券 ………………………………… 198

第 三 十 章　大夫的忠告 ……………………………… 205

第三十一章　猎宝记——弗林特的罗盘指针 ………… 213

第三十二章　猎宝记——丛林中的声音 ……………… 221

第三十三章　西尔弗倒台 ……………………………… 228

第三十四章　尾声 ……………………………………… 235

第一部　老海盗

第一章

本葆将军客店[1]的不速之客

乡里的头面人物特里劳尼绅士、利夫西大夫和其他几位先生吩咐我把有关金银岛的情况从头到尾写下来，不过，他们叫我不要公开该岛的位置，因为岛上还有宝物尚未挖掘出来。现在是公元一千七百××年，我拿起笔，仿佛又回到我父亲开本葆将军客店的那个年代。当年，那位肤色黝黑、脸上留有一道刀疤的老水手就住在我家客店里。

我对他来客店投宿的情景仍历历在目。记得当时，他拖着沉重的步伐，艰难地来到客店门口。在他身后，一个仆人推着一辆小车，车上载着一只又笨重又结实的皮箱。老水手身材高大，体格健壮。他的皮肤呈栗壳色，满是油污的辫子垂在污渍斑斑的蓝色外套肩上；他的两手不但粗糙，而且伤痕累累。乌黑的指甲破损不全；饱经风霜的脸上，有一道刀疤十分醒目。我记得他独自吹着口哨，扫视了一遍店外的小海湾，然后扯开嗓子唱起一首他后来经常唱的古老的水手歌谣：

---

① 约翰·本葆(1650—1702)，英国海军中将。曾在牙买加附近海面与法国舰队激战，负伤身亡。本书主人公一家开设的客店即以他的姓氏命名。

十五个人争夺死者的皮箱，

唷嗬嗬，朗姆酒[①]一瓶，快端上！

他唱歌时的声调高亢苍老，略带颤抖，像是在转动绞盘的水手唱号子时喊破了嗓子。然后他拿起随身携带的一根木棍似的手杖重重地敲门。我父亲刚一露面，他就粗声粗气地提出要喝一杯朗姆酒。我们赶快给他倒了一杯。可酒到了他手中，他却慢条斯理地啜饮着，像一位品酒师似的浅斟低酌，细细品味。与此同时，他望了望周围的山峰，又看了看客店的招牌。

“这地方不错，酒店的位置也很好。最近客人多吗?”他终于开口问道。

我父亲告诉他，最近生意很清淡，很少有客人。

“那正好，”他说，“我就住这里。喂，伙计!”他朝推车的仆人喊道，“就在这里停下，把我的箱子搬进来。我要在这儿住几天。”他又对我父亲说，“我这人容易伺候。每天给我一杯朗姆酒、几片熏猪肉和几只鸡蛋就够了。空闲时，我喜欢站在山顶上眺望过往的船只。你怎么称呼我呢？就叫我船长吧。哦，我知道你的意思了，你不是想要钱吗?”他扔下三四枚金币，“这点钱花完之后，再向我讨。”他说话时声色俱厉，酷似一位威风凛凛的指挥官。

他虽然衣着寒酸、言语粗鲁，看上去却不像普通的水手，而更像船上的大副或船长，惯于发号施令，有时甚至动手打人。推车的仆人告诉我们，他昨天早晨乘邮车到乔治国王旅馆后就四处打听海边有几家客店。大概他听

① 用甘蔗汁酿造的一种甜酒。

说我们店声誉很好，环境幽静，于是就选择住在我们店里。关于这位客人的来历，我们所知道的就只有这么多。

船长天生沉默寡言，每天都带着一架铜制望远镜在港湾逛来逛去或登高望远。到了晚上，他总是静坐在客厅一角的壁炉边，不停地喝酒。别人和他搭讪时，他一般都不予理会，只是偶尔抬起头，凶狠地瞪对方一眼，然后从鼻子里发出一种类似船在雾中鸣号的声音。我们和常来我们店的客人都渐渐地不再理睬他了。每天他散步回来总要打听此地有无水手路过。起初，我们还以为他是在寻找同伴，但后来才明白他是想有意避开他们。凡是有水手来本葆将军客店投宿（这是常有的事，因为他们可以沿着海边公路到达布里斯托尔①），船长总要躲在门帘后面窥视一番，然后才走进客厅。每当遇到有这样的客人到访，他总是噤若寒蝉。我是了解这其中原因的，因为我在某种程度上也分担了他的恐惧。有一天，他曾约我到一个无人的地方，答应在每月初给我一枚四便士的银币，条件是我得时刻留心一个"独腿水手"，只要此人一出现，就立即报告他。可是每到月初我去向他索要报酬时，他总会冲着我从鼻子里鸣号，用凶狠的目光把我赶跑。但是，一周后他又很快改变主意，把那四便士银币交到我手上，千叮咛万嘱咐，要我一定留心那个"独腿水手"。

从此，这"独腿水手"就时常出现在我梦中，搅得我不得安宁。每当狂风暴雨之夜，大风晃动着房屋，港湾里大浪汹涌，我眼前就会出现那人不断变幻着的狰狞面目。有时候，我看到他缺了半条腿；有时候，我看到他缺了

① 英国西海岸重要商港。

整条腿。更多的时候，他变成了一个要么没有腿，要么在身体中央长着一条腿的怪物。我做的最可怕的梦是看见他连跑带跳地越过篱笆沟渠向我追来。总之，为了得到这每月四便士的银币，我的确付出了沉重的代价。

虽然我一想到"独腿水手"就心惊肉跳，但对船长本人却远不如其他认识他的人那样畏惧。有几个晚上，他喝了太多的酒，头脑发昏，于是就坐在酒店里旁若无人地唱起了粗俗狂放的水手歌谣。他不时向在座的客人一一劝饮，强迫他们听他讲故事，或者跟他一起合唱。我常听到"唷嗬嗬，朗姆酒一瓶，快端上"的歌声震得房子发抖。大家见了他都战战兢兢，十分害怕，因此唱歌时十分卖力，每一个人都想唱得比别人响，以免挨骂。他在发酒疯时完全像一个世间少有的魔王；他会猛拍桌子命令大家肃静；谁要是想提问，他就会立即加以制止；若没有人提问，他又会认为大家不专心，继而大发雷霆。他在讲故事时更不许人离开客店。一直要等他喝得昏昏沉沉，醉倒在床上熟睡之后，客人才可以离开。

他讲的故事常使人毛骨悚然。其内容都是有关绞刑、走跳板①、海上风暴、加勒比海的海盗和他们的巢穴等的。据他自己所说，他曾在海上同那些世上最凶恶的亡命之徒生活了大半辈子。他讲述这些故事时所使用的语言几乎同他叙述的罪行一样使我们这些老实的乡下人惊骇不已。我父亲常抱怨说，这样下去客店非关门不可，因为没有人愿意来这里受凌辱。有些客人甚至回去躺在床上还在浑身发抖。但我认为，船长的存在对我们有好处。虽然大家当时被吓破了胆，但回头一想，还是很有意思。这对于乡下人平淡

① "走跳板"是海盗处置俘虏的一种方式。俘虏的眼睛被蒙上后，走上一块横在船舷上的跳板，等到跳板轻重不匀时，便会坠入海中。

的生活，无疑是一种刺激。我们这里的一群年轻人甚至心生钦佩，称他是“真正的老水手”，并且说英国正是依靠他这种人才得以称霸海上。

从某种意义上讲，他继续住下去很可能会使我们破产。他住了一周又一周，一月又一月，预付的房租早就花光了，但我父亲始终不敢向他伸手要钱。只要父亲一提到钱的事，船长就会从鼻子里发出雷鸣般的响声，简直像在咆哮。与此同时，他用两眼瞪着我那可怜的父亲，直到把他吓走为止。我曾见到父亲受到这样的恐吓之后扭绞双手战战兢兢的狼狈相。看来，我父亲的早逝与生活在这压抑和恐怖的环境中不无关系。

船长自从住进我们店里，除了从一个小贩那儿买过几双袜子以外，始终没有换过衣服。他帽子的一道卷边掉了下来，他就一直这样让它悬挂着，虽然在刮风时这给他造成了极大的不便。我仍记得他穿的那件上衣的样子：他在楼上房间里一再缝补的那件衣服，到最后全是补丁。他从不写信，也没有收到过信。他从不与人交谈，即使偶尔与店里的熟人交谈几句，那也多半是在他喝醉了酒之时。至于他那只大皮箱，我们谁也没有看见他打开过。

他只有一次遇到了对手，那是我父亲病入膏肓、即将死去的时候。一天下午，利夫西大夫给我父亲看完病后，天色已晚，就在我家吃了一顿便饭。饭毕，我们请他去客厅抽一斗烟，等候他的马从村里牵来，因为我们客店当时没有马房。我跟随大夫走进客厅。我仍记得当时的情景：大夫衣冠楚楚，仪表堂堂，两眼炯炯有神，举止文雅大方；而我们这些乡下人则显得十分寒酸，尤其是我们那位衣衫褴褛、目光呆滞、看似稻草人的海盗船长，由于酗酒，正有气无力地趴在桌子上。他和大夫之间形成了鲜明的对比。忽然，这个船长又扯开喉咙唱起了那支古老的水手歌谣：

十五个人争夺死者的皮箱，
唷嗬嗬，朗姆酒一瓶，快端上！
其余的都被酒和魔鬼送了命，
唷嗬嗬，朗姆酒一瓶，快端上！

最初我认为死者的皮箱可能就是他放在楼上他那间屋里的那只大皮箱。这只皮箱常和独腿水手一同出现在我的噩梦中。不过，我们在这时已经不太留意船长的歌谣了，只有利夫西大夫是第一次听到，因而有些好奇。我看得出他对这首歌谣并没有好感，因为他曾很生气地扭头望了船长一眼。在这之后，大夫继续向花匠老泰勒介绍一种医治风湿病的新疗法。就在此时，船长的音调却越来越高，最后甚至用手猛拍桌子。我们都明白他是在命令所有人保持安静，于是谈话声戛然而止，只有利夫西大夫仍然口齿清楚、语调亲切地继续说话，每说几句还轻快地吸一口烟。船长恶狠狠地瞪了他一眼，又猛地拍了一下桌子，最后喊出十分下流的言语："那边的龟孙子听着，闭上你的臭嘴！"

"先生，您是在对我讲话吗?"大夫问道。船长又骂了一句并大声嚷道"正是"。"我对你只有一句忠告，"大夫说道，"如果你再酗酒，这世上不久就会少一个十足的恶棍！"

船长听到此话勃然大怒。他一跃而起，抽出一把水手用的折叠刀，把它拉开后平放在手掌中，威胁说要把大夫活活钉在墙上。

大夫镇定自若。他掉过头来,用同样的语调对船长讲话,只是声音提高了一些,以便满屋子的人都能听见。他一字一顿地说:

“如果你不把刀马上放回口袋里,我发誓要在下一次巡回审判时把你送上绞架。”

接下来,两人怒目而视,展开了一场拉锯战。最后,船长终于屈服了。他收起刀子,像一条打了败仗的狗,嘴里喃喃骂着,重新回到了自己的座位。

“先生,”大夫继续说,“既然我知道我管辖的区域有你这样的人存在,从此以后,我会日夜监视你。我不只是医生,还是本地的治安推事。如果我接到任何人对你的起诉,哪怕只是类似今天这样的无礼举动,都将采取有力措施,把你抓起来,然后从本地驱逐出境。我就不多费口舌了。”

不久,利夫西大夫的马到了门口,他便骑马而去。当晚,船长变得安静多了。以后的几个晚上,他也不再吵闹。

第二章

黑狗的出没

不久以后，发生了一系列稀奇古怪的事件。这些怪事终于使我们摆脱了那位脾气倔强的船长，不过由他引起的种种麻烦并没有就此终止。在接下来的故事中，你们自然会读到。那年冬天格外寒冷，大地覆满了白霜，干燥而坚硬；屋外寒风刺骨，一片凄凉。我那久病不起的父亲恐怕是没有希望熬到春天了，这一开始便显而易见。他的病情每况愈下，我和母亲只好把店里的一切事情全部包下来。我们十分繁忙，因而暂时无暇顾及那位不受欢迎的客人。

在一月里一个寒风凛冽、滴水成冰的清晨，港湾在浓霜的覆盖下一片灰白：水波轻轻拍打着岸边的岩石；太阳还没有升高，只刚刚到达山顶，远远地照耀着海面。这天，船长比平日起得更早，他腋下夹着铜制望远镜、头上歪戴着一顶帽子，径直朝海边走去，一把水手用的弯刀在他那件蓝色旧上衣的宽大下摆下左右晃荡。我记得他一边走，一边大口喘气，从口中吐出的气体像烟雾似的在他身边缭绕。当他最后转身走向一块巨大岩石时，我还能听见从他鼻子里发出的一阵阵愤恨的呼哧声，好像他仍在为遭到利夫西大夫的训斥而愤愤不平。

我母亲在楼上陪伴父亲，而我正在楼下为船长准备早餐。忽然，客厅的门开了，闯进一个素不相识的人。此人面色苍白，白里带黄，左手缺两个手指，腰间佩戴一把弯刀，样子却并不十分凶狠。我时刻留心有无独腿或双腿的水手出现，而这个人却使我难以做出判断。他的外表不像水手，却又有几分水手的气质。

我问他要喝点什么，他说他想要一杯朗姆酒。当我正要离开客厅去拿酒时，他却在一张桌子前坐下，叫我到他跟前去。我手拿餐巾站在原地没有动。

“过来，小鬼，”他招呼道，“再走近点。”

我向前走了一步。

“这桌上的早餐是不是为我的朋友比尔准备的？”他斜着眼睛问。

我告诉他，我不认识他的朋友比尔；早餐是为一位住在我们客店的客人准备的，大家都叫他船长。

“是的，”他说，“你们可以把他叫作船长，因为他很像船长。他脸上有一道刀疤，喝醉了酒时很讨人喜欢。我的朋友比尔就是这样的人。我可以和你打赌，你们那位船长脸上也有一道刀疤，并且是在右脸上。好了，我已告诉你了。我的朋友比尔是不是在他房间里？”

我告诉他，船长外出散步去了。

“他走的是哪条路，小鬼？快告诉我。”

我朝岩石方向指了一下，并告诉他船长大约在什么时候能回来。对他另外提的几个问题，我也一一做了回答。

“啊，”他说，“等一会儿我的朋友比尔回来见到我，一定会像看到好酒一样高兴。”

当他说这话时，脸上的表情并不愉快。我有理由认为，即使他此话当真，他的估计也是错误的。不过我想这不关我的事，再说我也不知道该怎么办才好。这位陌生人老是在客店门口徘徊，眼睛盯着拐角，像一只猫在守候老鼠似的。我曾想走到大路上去，但他立刻命令我回来。大概我服从命令时稍有犹豫，他立刻露出凶相，喝令我马上回来，并骂了一句使我毛骨悚然的脏话。然而，我回到屋里以后，他又恢复先前那种友善的态度，一边拍拍我的肩膀，一边似谄似嘲地说我是一个好孩子，他非常喜欢我。

“我有一个儿子，”他说，“长得和你一模一样，他是我的心肝宝贝。但男孩子最要紧的是服从命令，孩子，你也得服从命令。如果你和比尔一起出过海，你就不会站在那里听到第二次命令才去执行，决不会。比尔做事向来果断，和他一同出过海的人也是如此。瞧，我的朋友比尔来了，他胳膊底下还夹着一只望远镜呢。这肯定是他，愿上帝保佑这老头！孩子，我们快回到客厅，躲在门口，给他来一个出其不意。但愿我们不会吓破他的胆。”

说着，那人和我一同回到客厅。他命我站在他背后，躲在门后，这样开着的门就把我们全都遮住了。这时的我心里七上八下，十分不安。当看到陌生人也是一脸惊恐状时，我的恐惧又增加了。只见他试了试弯刀的刀柄，又把刀从刀鞘里抽出来，然后再放回去。我们等待时，他一直在咽口水，好像有什么东西卡在喉咙里似的。

船长终于大步迈入客厅。他砰的一声把门关上，也不环顾左右，径直走向我给他准备好早餐的那张桌子。

“比尔，你好。”陌生人说话时较以前提高了嗓音，大概是在给自己壮胆。

船长闻声急忙转过身子，他褐色的脸庞一下变得灰白，连鼻子也变青了。他的神态好像是遇见了妖魔鬼怪或比这更可怕的东西——如果世界上有这样的东西的话。老实说，看到他在刹那间变得这样苍老衰弱，我真替他难过。

“比尔，你认出我啦。你一定认得出你的老伙伴。”陌生人说。

“你是黑狗！”船长吼叫了一声。

“除了我还会是谁？”陌生人答道，“当年的黑狗不曾忘旧，特地前来拜访住在本葆将军客店的老朋友比尔。啊，比尔老弟，自从我失去两个手指以后，我们都饱经沧桑，吃够了苦头。”说话时，他举起了他那只残缺不全的手。

“好吧，”船长说，“既然你已找到了我，我也不会跑。你说吧，你要怎么样？”

“你还是那脾气，比尔，”黑狗回答道，“你说得有道理。这样吧，先让这位可爱的孩子给我倒一杯朗姆酒，然后我们再坐下来，像以前当水手那样把话挑明了谈。”

当我端上朗姆酒，他们已经面对面分坐在为船长摆着早餐的桌子两边。黑狗坐在靠门的一边，这样他既可以注视船长的举动又可以随时夺门而逃。我想大概如此。

黑狗命我走开并将大门敞开着。“这样做是为了不让你从锁孔中偷看。”他说。于是我离开他们，回到柜台后面。

尽管我竖起耳朵，凝神偷听，但在很长一段时间内，除了一阵窃窃私语声，我什么也听不见。后来，两人的声音渐渐提高，我开始能听出船长所讲的只言片语，不过大多是骂人的话。

“不，不，不；不要说了！”船长叫嚷起来，接着又说，“如果要死，大家一起死，我的话完了。”

不一会儿，突然爆发出一阵可怕的咒骂声和其他响声：椅子和桌子一下被掀翻了，继而是钢刀乒乒乓乓的撞击声。随着一声痛苦的惨叫，黑狗左肩流着血，从屋内飞奔出去。船长紧追其后，两人手里都握着刀。追到门口，船长最后的一刀势大力沉，对准黑狗猛地砍去，要不是本葆将军客店的大招牌挡了一下，黑狗早就被劈成两半了。直至今天，那招牌下半端还留有刀痕。

这一刀结束了一场恶战。黑狗虽身负重伤，但一出客店，却跑得出奇地快，没过半分钟就消失在山背后。船长像一个疯子一样呆呆地望着那块招牌。过了好久，他才揉了揉眼睛，悻悻地回到屋里。

“吉姆，”他吩咐道，“朗姆酒。”他说话时身体有些摇晃，用一只手扶在墙上，这才没有倒下去。

“你受伤了吗？”我急切地问道。

“拿酒来，”他再次吩咐，“我得离开此地。朗姆酒！快拿朗姆酒来！”

我急忙跑去拿酒，但刚才发生的一切吓得我手忙脚乱，结果打破了一只杯子，弄脏了酒桶的龙头。正在此时，我又听见客厅里传来一声巨响。我跑出去一看，只见船长直挺挺地倒在地上。这时，听到叫骂声和打斗声的母亲也从楼上跑了下来。我们两人合力把他的头扶起。他的呼吸声依然很响，但双眼紧闭，脸色十分可怕。

“天哪，这怎么办哪？”我母亲喊道，“我们家真是不幸！你那可怜的父亲一点忙都帮不上!”

当时,我们不知道该怎样对船长实施急救,也不知道他得了什么病,只以为他在同陌生人打斗时受了致命伤。我拿来朗姆酒,试着往他嘴里灌,但他牙齿紧闭,上下颚坚固得如生铁一般。此时,大门开了,利夫西大夫正好前来为我父亲治病,我们见到他如同见了救星一样。

“哦,大夫,”我们叫道,“你说怎么办?我们不知他伤在了什么地方。”

“伤?这人连皮都没有擦破一块!”大夫说,“他跟你我一样,什么伤也没有,只是由于中风才瘫倒的。我早就警告过他会得此病。这样吧,霍金斯太太,你还是回到楼上照看你丈夫。最好不要把这件事告诉他。我将尽我所能挽救这条毫无价值的生命。吉姆,你留在这里,给我拿一只面盆来。”

等我拿了面盆回来,大夫已经把船长的衣袖撕开,露出他健壮的手臂。只见他手臂上有好几处刺着端正清晰的文字,如“福星高照”“一帆风顺”“比尔·博恩斯的珍爱”等。近肩头处刺着一幅草图,图上是一座绞架和一个正受绞刑的人。在我看来,刺这图案的人手艺十分出色。

“这可算是一种预兆,”大夫指着草图说,“他的名字一定是比尔·博恩斯。现在我们要看一看他的血液是什么颜色。吉姆,”大夫问道,“你怕不怕见血?”

“不怕。”我回答道。

“那就好,你拿着这盆子。”说完,他拿起一把柳叶刀,用力割开一条静脉血管。

在流了许多血之后,船长才睁开眼睛,迷迷糊糊地向四周张望。他认出大夫后眉头立刻紧皱,后来看见了我,似乎放心了许多。不一会儿,他又突然脸色大变，一边叫嚷着，一边想支撑着坐起来——

“黑狗在哪里？”

“这里没有黑狗，不过你背上却刺有一条狗，”大夫说，“你饮酒过度，得了中风。你把我上次对你的忠告当成了耳边风。刚才我违背自己的意愿把你从死亡线上拖了回来。现在，博恩斯先生——”

“那不是我的名字。”他插了一句。

“我不管你叫什么名字，”大夫说，“我认识一个海盗叫博恩斯，我就用它来称呼你，这样省事。我要告诉你，只喝一杯朗姆酒，你还不会死，但你喝了一杯就还会要第二杯、第三杯。我敢打赌，如果你不赶快戒酒，你必死无疑。你听懂了吗？就像《圣经》所说，回到你投生的地方。来，用力站起来，我扶你到床上去。希望你不要再这样了。”

我们费了好大的劲才把他扶上楼，让他躺在床上。此时的船长，头歪倒在枕头上，看上去如同死去一般。

“我再次忠告你，”大夫说，“朗姆酒对你来说就是死亡之酒。”

说毕，他挽着我的手，一同去看望我父亲。

“现在不要紧了，”他一出房门就对我说，“我给他放了许多血，他至少得在床上躺一周。这对你对他都有好处。不过，他要是再次中风，就没有救了。”

第三章

黑券

大约在中午时分，我拿了一些清凉饮料和药，来到船长的房间。他还是像我们离开他时那样躺着，只是身体较以前抬高了一些。他看上去十分虚弱，情绪也不稳定。

“吉姆，”他有气无力地说，“你是这里唯一对我有用的人。你知道我一向待你不薄，每月给你四便士银币。现在我身体不行了，没有人来照管我。吉姆，你去给我拿一小杯朗姆酒。我求你了，我求你了，我的小老弟。”

“大夫说——”我刚一开口就被他打断了。

他用微弱而发自内心的声音诅咒大夫。“他是一个大笨蛋，”他骂道，“你那位大夫对水手生活一窍不通。我到过热得像柏油一样滚烫的地方，水手们得了黄热病纷纷倒下。我还到过地震多发地，地震时陆地就像海浪一样上下翻腾。你那位大夫去过这样的地方吗？老实告诉你，我是靠朗姆酒而活命的，这东西对我犹如阳光空气，一日不可缺少。如果我现在喝不到朗姆酒，就会变成一条被风浪掀翻后漂到岸上的老破船。我的生命就会葬送在你和那笨蛋大夫的手中。”他接下来又痛骂了一阵：“吉姆，你看，我的手抖得多厉害。我没法控制自己。我今天一滴酒也没有沾。你别信那大夫的话，他是一个大笨蛋。”船长继续用恳切的语气苦苦哀求道：“给我一小杯酒吧。如果我喝不上一小口朗姆酒，我就会发病。我已经看到了好多妖魔鬼怪。我看见老弗林特就站在你身后的角落里，看得一清二楚。每当我发病时，我就会撒野造反。你那位大夫自己也说过，一杯酒不会对我有坏处。吉姆，我愿意给你一枚金币换一小杯朗姆酒。”

他的情绪越来越不稳定，我担心这会惊动我父亲。那天他病情很重，需要静养。再说，船长刚才提到大夫的话，我觉得让他喝一小杯酒也无妨，只是我对他向我行贿深感不满。

“我不要你的钱，”我说，“只要你把欠我父亲的账付清就行了。我去给你倒一杯酒，但你不能多要。”

当我把酒递给他时，他像饿鬼一般抢了过去，一饮而尽。

“唉，”他说，“这下我心里好受多了。小老弟，大夫说我得在这病床上躺多久？”

“至少一周。”我说。

“这怎么得了！”他惊叫道，“一周！这不行。到那时，他们会给我送黑券来。他们那帮蠢货此时正在四处打听我的下落。他们自己守不住自己的东西，便来打别人的主意。这难道符合水手的规矩吗？我是一个十分节俭的人，从不乱花钱，也不白白扔掉。我将再次和他们捉迷藏，我不怕他们。我又要扬帆远航了，而他们的希望将再次落空。”

船长一边说，一边很费力地从床上挣扎起来。他双手抓在我肩膀上，疼得我几乎哭出声来，而他移动两腿时好像是在搬动两根沉重的铁柱。他说话时尽管气势汹汹，声音却十分微弱。最后他在床沿上坐了下来。

“那大夫可把我整惨了，”他低声抱怨道，“我的耳朵嗡嗡直响，还是让我躺下吧。”

我还没来得及扶他，他已经倒在以前睡的老地方，静静地躺下了。

“吉姆，”他隔了好一会儿才说，“你今天看见那个水手了吗？”

“你是指黑狗吗？”

“对，就是他，”他说，“黑狗很坏，可唆使他来的人更坏。万一他们给我送来了黑券而我又不能脱身，你要记住，他们是来抢我的皮箱的。这时你就骑上一匹快马，你是会骑马的，不是吗？你去找，唉，顾不了那么多了。你去找那个该死的大夫，叫他招集人马，包括附近的治安推事，一起来到本葆将军客店，把老弗林特一伙人一网打尽。我曾是老弗林特的大副，只有我一个人知道那地方。他是在萨凡纳[①]把那东西交给我的，那时他快死了，就像我现在这样躺着。不过你先别去报告，除非他们给我送来黑券，或者你看到黑狗或独腿水手出现，尤其要警惕那独腿水手。”

“船长，黑券是什么？”

“那是一种最后通牒[②]，小老弟。如果他们送来黑券，我会让你知道。你留心守望吧，吉姆，将来我一定同你平分财富，决不食言。”

他又咕噜说了一些胡话，声音越来越低。我给他喂了一些药，他像孩子似的把药吞下去了，并说：“我是唯一要吃药的水手。”然后，他很快睡着了，我也随即离开。我不知道后来我做的一切是否正确。也许我应该把事情的原委告诉利夫西大夫。当时我真的怕得要死，生怕船长后悔向我吐露了真

---

① 萨凡纳位于美国佐治亚州，是大西洋西岸一座海港。

② 黑券是海盗间使用的一种纸条。纸条一面涂黑，一面写有字，当最后通牒用。

相，要杀人灭口。可是当天又发生了意外事件，我父亲在当晚突然去世，我只好把其他事情全撂在一边。我强忍悲痛，忙于接待前来吊唁的邻居，料理丧事，同时还得照管客店的生意，根本没有时间去考虑船长的事，更谈不上害怕了。

第二天早晨，他居然自己走下楼来，照常用餐。他吃得很少，却喝了很多朗姆酒。他自己去酒柜取酒，紧皱眉头，拉长着脸，鼻子里哼哼直响，没有人敢去阻止他。在我父亲下葬的前一晚上，他和往常一样喝得酩酊大醉。我们在举哀的时候听到他唱起了那首粗俗难听的水手歌谣，更觉恶心。尽管他已十分虚弱，我们仍十分惧怕他。利夫西大夫临时到远处出诊去了，自我父亲死后就一直没有来过我家。我刚才说到船长身体很虚弱。的确，他不行了，身体一天天垮了下去。他扶着楼梯栏杆爬上爬下，从客厅走到酒柜，又从酒柜走到客厅，不时把鼻子伸出门外嗅嗅海风的气味，行动时手扶在墙上支撑身体，呼吸也十分急促困难，仿佛是在攀登悬崖峭壁。他没有单独和我讲话，我还以为他已忘记了从前和我的秘密谈话。他的脾气比以前更为乖戾。如果不考虑到他每况愈下的健康状况，他的脾气可以说是更粗暴了。现在他喝醉了酒，常有一种令人恐惧的举动：拔出弯刀，赤裸裸地放在桌上。他变得目中无人，常常一个人坐在那里深思熟虑、胡思乱想。有一次我们吃惊地发现，他一改老调，唱起了一首乡村情歌，这一定是他在当水手前的少年时代学会的。

葬礼后一天一个雾重霜浓的下午，大约三点，我站在客店门口，心里充满了对父亲的哀思。这时，我忽然看见一个人从大路上缓步走来。他显然是一个瞎子，因为他走路时用一根手杖在前面探路。来人的眼鼻上戴着一个很大的绿色罩子，弯腰驼背，看似年老体弱。他身穿一件肥大破旧的水手外套，背后拖着一顶兜帽，外貌十分丑陋。这是我有生以来所见到的最为丑陋的人。他走到离我家客店不远处停下了，提高嗓门，怪声怪气地对着正前方大声喊道：

“天佑我主乔治君王！哪位好心的朋友愿意告诉我这可怜的瞎子，我现在何处？这里是我们祖国的哪一部分？我是为了保卫我们的祖国英格兰和效忠乔治国王才失去宝贵的眼睛啊！”

“先生，你是在黑山湾本葆将军客店门口。”我说。

“我听到一个声音，”他说，“一个年轻人的声音。好心的年轻朋友，你可愿意伸出你的手，把我带到店里去？”

我刚伸出手就被这说话温柔、长相可怕的瞎眼人牢牢抓住了，他的手就像老虎钳一般有力。我吓得连忙挣扎，可他只略为使劲，就把我拖到他跟前。

“孩子，”他说，“带我去见船长吧。”

“先生，我实在不敢去。”

“赶快带我去，”他冷笑道，“否则我就拧断你的手。”

说着，他一使劲，我立刻疼得叫了起来。

“先生，”我说，“我是为你好。船长已跟过去不一样，他坐着时也不忘把弯刀放在跟前。有一位先生——”

“闲话少说，快走。”他粗暴地打断我的话。我从来没有听见过像这个瞎子的那样残忍、冷酷、可怕的声音。它对我的恐吓远远超过了手的疼痛。我立刻按照他的吩咐，带他朝客厅走去。这时那病中的老船长已喝得酩酊大醉。瞎子用铁一般的拳头拧住我的手，把他的身体尽量往我身上压。“把我直接领到他跟前。当他看见了我，你就喊一声：‘比尔，你的朋友来了。’你要是不照我说的去做，我就会这样给你一下。”说到这里，他将我的手用力一扭，疼得我差一点昏过去。这样一来，我对这个瞎子真是怕极了，早已把对船长的恐惧忘得一干二净。于是我推开客厅的门，颤抖地喊出了他刚才教我说的那句话。

可怜的船长抬头一望，醉意全无，两眼直勾勾地盯住来人。他脸色铁青，与其说是恐怖，不如说是病入膏肓的人痛楚表情的真实写照。他试图站起来，看来已力不从心。

“比尔，别动，”瞎子说，“虽然我双目失明，但我能听出你的手在颤抖。我们公事公办。伸出你的右手。孩子，你握住他的右手手腕，把它移到我的右手边。”

我遵照他的吩咐把船长的手移到他跟前。只见他从持手杖的手心里递过一件东西，把它放到船长手掌里，船长接过后立即攥紧拳头。

“事情办成了。”瞎子说罢，突然放开我，迅速敏捷地离开客厅，走到了大路上。我仍站在原地发呆，只听见他的手杖敲击路面的声音离我们越来越远。

过了好一会儿，我和船长才如梦初醒。也就是在此时，我才松开了被我一直握着的船长的手腕。船长缩回手，赶紧看了一下自己的手心。

“十点钟！”他大声叫道。“还有六小时，我们能把他们制服。”他突然一跃而起。

虽然他站了起来，可还没有站稳就摇晃了一下。他用一只手扼住喉咙，摇摆了几下，然后只听一声怪叫，整个身体扑倒在地板上。

我立刻向他跑去并大声呼唤我母亲。但这已经迟了，船长突发脑溢血死去。说来也怪，我从来就不喜欢船长，尽管最近有点可怜他；但看见他骤然死去，禁不住泪如泉涌。这是我有生以来第二次接触死亡，而父亲逝世引起的悲伤至今在我心中无法抹去。

第四章

水手皮箱

我立刻把我知道的一切告诉了母亲，其实我早就该告诉她了。我们当即发现我们的处境非常困难和危险。船长的钱——如果他有的话——其中一部分应该归我们。可是，他的同伴，尤其是我所见到的黑狗和瞎子，似乎不会舍弃他们掠夺的钱财，为死人偿还拖欠的旧账。船长曾吩咐我立刻骑马去找利夫西大夫，如果照他所说的去做，就会使我母亲独自一人留在客店，得不到保护，这显然不行。

看来，我和母亲都不能留在家里了：厨房炉子里煤屑坠落的声音，甚至时钟走动的嘀嗒声，都使我们心惊肉跳。我们似乎听到远处有脚步声传来。一想到客厅里有船长的尸体，而那个面目狰狞的瞎子可能随时回来，我有好几次像俗话所说的那样毛骨悚然。事不宜迟，我们决定一同去邻近的村落求救。我和母亲连帽子也没戴，就立刻跑出屋外，冲进日暮时分寒冷的浓雾中。

我们去的村子虽然望不见，但相距不过几百码路，就在邻近小海湾的另一边。这条路和瞎子来的方向刚好相反，想必他还会顺原路返回，这使我稍感宽慰。我们在路上没有耽误多久，只是有几次停下来互相拉住，侧耳倾听,但没有听见什么异常的声音,只有海水轻拍海岸和林中乌鸦的叫声。

我们到达村子时,已是掌灯时分。当我看到家家窗户里映出的黄色灯光,那股高兴劲真是终生难忘。但是,后来才知道,我们在这里所能得到的帮助仅这一片灯光而已。村里的人也许应该感到羞愧,因为他们谁也不愿意同我们一起回到本葆将军客店。我们把困难诉说得越详细,他们——无论男女老幼——越往自己家里躲。我是第一次听说弗林特船长的大名,村里的一些人却对他相当熟悉,这名字引起了他们极大的恐慌。有几个在本葆将军客店附近种了庄稼的人,记得曾在路上遇见一些陌生人,他们以为这些人是走私犯,就故意避而远之。在我们称为基特海口的小港里,至少有一个人看见一条小船。因为,无论是谁,只要是老弗林特船长的任何人,都足以把村民们吓得半死不活。长话短说,愿意骑马去向利夫西大夫报告的人倒有几个,因为他住在另一方向;愿意同我们一道回去守卫客店的人却一个也没有。

人们常说,胆怯是会传染的;但反过来说,争论也能使人勇气倍增。等大家说完之后,我母亲发表了一番慷慨激昂的讲话。她说,她不愿意让我在失去父亲之后,再失去这本属于我的金钱。“如果你们都不敢去,”她说,“我和吉姆也要去。我们将沿原路返回,不再有劳你们这些体壮如牛、胆小如鼠的懦夫。我们即使丢掉性命也要把那只皮箱打开。克罗斯利太太,请你把你的提包借给我,我要拿它去装回依法属于我们的钱财。”

我表示愿意和母亲一同回去,村里的人则纷纷劝阻,说我们这样做是愚蠢的举动。到了这时候,还是没有人愿意陪我们回去。最后,他们借给我一支装好弹药的手枪[1],作为被袭击时防身之用;另外还为我们准备好两匹马,以防我们回来时被人追赶。同时,他们答应派一个小伙子骑马去大夫那里搬救兵。他们能提供的帮助仅此而已。

当我俩再次踏上寒夜的险途,我的心怦怦直跳。一轮圆月冉冉升起,透过雾幕的上端掩映出来,这使我们加快了步伐,因为我们明白,等到我们再回来时,月光会把一切照耀得如同白昼,任何人都能发现我们。我们静静地沿着篱笆,疾走如飞,沿途没有看到或听到任何足以加剧我们心中恐惧的动静。直到走进本葆将军客店并关上大门,我悬着的心才像石头一样落了地。

我随即插上门闩。我们站在黑暗的屋子里大口地喘气,这屋里除了我俩,还停放着船长的尸体。母亲从酒柜后面摸出一根蜡烛并把它点燃,我们手拉手一同走进客厅里,只见船长仍仰卧在地上,两眼睁开,一只手臂伸出在外。

"吉姆,把百叶窗关上,"母亲轻声说,"不然他们来了会从外面看见我们。"在这之后,她又说:"我们得把船长的钥匙取出来,但谁敢去碰他,我真不知道。"她说这话时竟哭了起来。

我立即俯身跪了下去。离船长的手不远的地板上有一小张纸条,纸条的一面涂着黑色。我确信这就是所谓的黑券。我捡起来一看,发现另一面写有短短一行很工整的字:"最后期限,今晚十点。"

"妈,他们十点来。"我话音刚落,我家那台座钟便当当地敲了起来。这突如其来的钟声着实把我们吓坏了,不过它只敲了六下,这说明还有

① 那时的枪支装一次弹药只能放一枪。

时间。

“快,吉姆,”母亲说,“快找钥匙。”

我把船长的衣服口袋一一翻遍:找到了几枚小硬币、一个顶针、几根大的缝衣针和纱线、一支咬过的雪茄烟、一把弯柄小刀、一副袖珍罗盘、一只火绒盒——所有的东西就是这些。我不免有些失望。

“会不会挂在他脖子上?”母亲提醒道。

我强忍心中的厌恶,撕开他衬衫领子,发现他脖子上果然系着一条满是油污的绳子。我用他的小刀把绳子割断并拿到了钥匙。这胜利使我们充满了希望,赶紧到楼上他住的小房间去。他在这里住了很久,他那只水手皮箱自他住进客店后就一直放在屋里。

从外表看,这只皮箱与其他水手的皮箱没有什么不同。箱盖上用烙铁烫着他姓名的首字母 B,皮箱四角由于长期使用又缺少保护已经破损。

“把钥匙给我。”母亲说道。箱子的锁虽然很不灵活,但转眼间她已转动钥匙,把箱子打开了。

揭开箱盖,一股浓烈的烟草味和柏油味扑鼻而来。但箱子的上层除了一套洗刷一新、折叠整齐的料子衣服外,什么也没有。母亲说,这套衣服从未穿过。在箱子的下层堆放着许多杂物:一架象限仪、一只铁皮罐、两把制作精良的手枪、一块银锭、一块老式的西班牙表、几件不值钱的外国首饰,以及一对用黄铜镶嵌的罗盘和五六枚西印度洋出产的珍奇贝壳。我事后常常在想,他过着的是一种惶恐不安、朝不保夕的流浪犯罪生活,为什么要让这些贝壳陪伴着他?

当时,除了一块银锭和几件首饰外,我们没有找到任何值钱的东西,而我们对银锭和首饰并不感兴趣。箱底有一件已被海盐染成白色的破旧的水手斗篷。母亲极不耐烦地把它扯了起来,殊不知发现了箱底最后剩下的几件东西:一卷用油布包好、看似画册一样的东西,一只帆布袋,用手触碰时里面发出的声响像是金币。

“我要让这些海盗知道,我是一个诚实的女人,”母亲说,“我只要收回欠账,一文钱也不多拿。你把克罗斯利太太的提包打开。”她开始从船长的帆布袋里数出他所欠的数目,然后放到我们的手提包里。

这是一桩耗时费力的工作,因为袋中有价值不等、大小不一的各国钱币,如西班牙金币、法国金币、英国金币和西班牙银币,还有一些我不知其名字的各种钱币,全都零散地混在一起,其中英国金币数量最少,而我母亲只会用英国钱币进行结算。

我们大约数到一半时,我突然把一只手放到她手臂上。我从寂静寒冷的空气中听到一种声音,它使我的心快要从喉咙口蹦出来。那是瞎子的手杖敲击冰冻路面的嗒嗒声。这声音越来越近,吓得我们坐在地上连大气也不敢喘。接着有人猛敲店门,后来又传来转动门把和摇撼门闩的响声,那瞎子正设法进来。在此后好长一段时间里,屋内外一片寂静。最后,嗒嗒声又响了起来,不过是越去越远,直至完全消失。瞎子的离去使我们感到万幸,并为此高兴了好大一阵子。

“妈,”我说,“我们把这些钱全拿走吧。”我相信店门上闩已引起瞎子的疑心,这势必招致所有海盗倾巢出动,向我们进攻。我庆幸事先把门关上了,没有见过那可怕的瞎子的人是体会不到我此时的心情的。

我母亲虽然也受了惊,却不肯在欠款之外多拿一分一毫,同时又固执地不愿少拿一个子儿。她说，现在还不到七点，她不愿放弃自己应有的权利。我和她争论起来。这时，从远处的小山上传来一阵很轻的口哨声，这足以使我们立刻停止争论。

“我把这数好的钱带走。”母亲赶紧站了起来。

“我把这带走抵账。”我捡起油布包说道。

接着我们就摸下楼去，把蜡烛留在了空箱子旁边。我们开了门，赶快往外跑，时间已经不多了。浓雾正在迅速消散，皎洁的月光早已照到高地上，只有山谷底和客店门口还有一片残存的薄雾，正好遮蔽了我们逃跑的最初一小段路。在距邻村不到一半的路程，离山腰不远处，有一段我们必经的月光地带。与此同时，一阵奔跑声已传入我们耳中。回头朝他们来的方向一看，只见一盏灯光正前后摇晃，迅速向我们这里冲来，显然来人中有一人手持着灯笼。

“孩子，”母亲突然说，“快拿了钱逃走，我跑不动了。”

我想这下我们完了。我诅咒村里人的胆怯，责怪母亲的诚实和小气。她先前那么固执，现在却弱不禁风。幸好这时我们已到了小桥边，我扶母亲一步一步走到岸边。母亲喘了一口气，便倒在我肩上。我不知道哪来的这一股力气，恐怕我当时的动作一定很粗鲁，但我成功地把她拖下河岸，放在了桥洞边。我没法再把她往里拖了。这桥太低，我只能在下面爬行，母亲的身体几乎完全暴露在外。我们躲在桥下，从客店那边传来的声音清晰可辨。

第五章

瞎子的下场

不知咋的,我的好奇心居然压倒了恐惧。我不甘心老在桥下守候,于是又爬回岸上,躲在一丛金雀花后面,眺望我家门前的大路。我刚躲藏好,敌人就到了。有七八个人跑得很快,他们脚步杂沓不齐,其中有一人手提灯笼,跑在最前面。有三个人手拉手并排跑在一起,尽管有雾,我还是能认出跑在中间那人是瞎子。后来,他的说话声证实了我的判断是对的。

“先把门撞开!”他喊道。

“遵令!”两三个人应答道。他们率先冲向本葆将军客店大门,提灯笼的人则紧随其后。不过他们很快停下脚步并低声交谈起来,好像是发现大门洞开,十分惊讶。在这短暂停顿后,瞎子又开始发号施令。他似乎怒不可遏,说话的嗓门也越来越高。

“快往里冲!”他一边吼,一边骂他们行动迟缓。

大约四五个人立即冲进去,另有两人陪着这可恶的瞎子站在路上。先是短暂的寂静,接着是一声惊叫,有人从屋里喊叫道:

“比尔死了!”

瞎子对他们又是一阵臭骂。

“你们这些笨蛋，快搜他的身！其余的人上楼去搜箱子。”他高声叫道。

我听得见海盗们冲上我们破旧失修的楼梯时，整个房子都抖动起来。很快又有人发出惊叫。船长房间的窗子砰的一声打开了，碎玻璃哐当落了一地。一个海盗在月光下探出头和肩膀，向等在屋外的瞎子汇报道：

“皮尤，我们来迟了。有人已将皮箱搜过一遍了。”

“那东西还在吗？”皮尤怒吼道。

“钱还在。”

瞎子又破口大骂。

“我问的是弗林特那包东西。”他喊道。

“这里没有那东西。”那人回答道。

“喂，楼下的人，你们搜一下比尔身上。”瞎子又喊道。

听了这话以后，一位留在楼下的人走到客店门口报告说：“我已经搜过他全身了，什么也没发现。”

“那一定是店里的人，是那孩子干的！我恨不得挖出他的眼珠！”被称为皮尤的瞎子大叫道。“他们刚才还在这里。我想开门进去，他却把门闩住。兄弟们，快分头去找他们！”

“他们没有走远，蜡烛还留在楼上呢。”站在楼上窗口的海盗附和道。

“快分头去找，哪怕把房子翻遍，也要把他们找到！”皮尤用手杖敲击路面，急切地催促道。

接下来我们的老客店遭到了一场空前的浩劫。在一阵凌乱的脚步声中，海盗们开始了野蛮的搜索，砸家具、踢门窗的声音甚至回荡在附近的山谷里。最后，这一帮人又相继跑到大路上，称找不到我们。就在这时，曾使我和我母亲极度恐慌的口哨声再次划破夜空，传入我们耳中。不过这一次接连吹了两次。我起初以为是瞎子发出的信号，大概是召唤他的同伙投入攻击。但我后来发现哨声是从对面村庄的山上传来的。从海盗们的反应可以看出，这哨声告诉他们即将有危险降临。

“德克打来信号了，”一个海盗说，“并且是连续两次，我们快撤吧。”

“谁让你撤的？你这没用的东西。”皮尤骂道。“德克向来胆小，你们不要理他。店里的人就在附近，他们没有走远。快分头去找吧，别让他们溜掉了。他妈的，”他喊道，“我要是看得见就好了！”

他这番话的确起了一点作用。有两个人开始在遭到破坏的家具堆里四处探望，不过他们并非认真寻找，而是虚以应付。大概他们始终顾及着自身安危。其余人则站在大路上袖手旁观。

“你们这帮笨蛋，发财的机会就在你们眼前，你们却裹足不前！只要你们能找到那包东西，人人都可以像国王那样享尽荣华富贵。你们知道那东西就在附近，还是不肯去找。你们没有一个人敢跟比尔见面，还是我这个瞎子挺身而出，把黑券交给了他！我的好事眼看就要被你们耽误了！我本可以吃香的喝辣的，坐着马车兜风，现在却仍旧是一个臭要饭的，只靠朗姆酒混日子。唉，如果你们不是孬种，本可以把他们捉住。”

“皮尤，不要吵了。我们已经搞到不少西班牙金币！”有人嘀咕道。

“他们也许把那东西藏了，”另一个人说，“给你几枚英国金币，皮尤，不要在那里吵闹了。”

听到“吵闹”二字，皮尤顿时火冒三丈，终于怒不可遏地向他们左右猛抽乱打。他的棍子打在了不止一个人身上。

于是，海盗们也回骂瞎子，用恶毒的语言恐吓他。他们甚至试图从瞎子手中夺走棍子，不过未能成功。

这场争斗拯救了我们。他们打斗正酣时，从邻村的山顶上传来了马匹奔跑的蹄声。几乎在这同时，有人紧挨篱笆边开了一枪，这火光和枪声显然是最紧急的信号。因此，海盗们拔腿就跑，朝不同方向四处逃窜。有的沿小湾向海边逃，有的走斜线翻越小山。不出半分钟，除了皮尤，所有海盗都逃离了现场。他们抛弃了他，至于是因为当时惊慌失措，还是出于对他恶意打骂的报复，我不得而知。他落在了最后，在路上来回狂奔着，一边跑，一边呼叫他的同伙。最后，他转错了方向，经过我身边朝邻村跑去并高叫道：

“约翰尼、黑狗、德克，我的好兄弟……你们不要扔下老皮尤啊，别把我扔下！”

这时马蹄声已越过山顶，四五个骑马的人已出现在月光下，正顺着山坡疾驰而下。

皮尤已察觉他所犯的错误。只见他一声惊叫，转身向路边的沟里跑去，结果却滚了下去。他很快爬起来，试图再向前跑，慌乱中正好撞进最近的一匹奔马蹄下。

马上的人想救他的命，但为时已晚。皮尤一声惨叫响彻夜空，四只马蹄从他身上践踏而过。他先是侧身倒下，然后脸贴着地，再也不能动弹了。

我跳出来招呼骑马的人。他们遭此意外，吓得要死，急忙勒住缰绳。这时我才认出他们是谁。走在队伍最后的是那位从邻村去找利夫西大夫求援的小伙子，其余都是缉私队员。小伙子是在途中遇见他们的，立刻带他们一同前来。督税官丹斯已事先获悉基特海口出现一只小帆船，当即派出一支队伍赶来缉拿海盗。由于他们及时赶到，我们母子得以死里逃生。

皮尤死了，再也不可能大声吼叫。至于我母亲，我们将她抬到村里，给她喝了一点盐水，她很快就苏醒了。虽然受了许多惊吓，她并没有受到多大影响，只是还在后悔未能把账结清。

此时，督税官正率部骑马疾驰基特海口。但是他和他的部下不得不下马，摸索着穿过山谷。他们牵着马，有时还得扶住它们，以免脚下打滑，另外还要时时提防遇上埋伏。这样一来，当他们到达海口时，海盗的帆船已经离岸，不过尚去不远。督税官在岸上大声喊叫，想让船回到岸边，但船里有人警告他不要站在月光下，否则小心吃枪子儿。说话间，一颗子弹擦着督税官的肩膀飞过。不多时，帆船绕过岬角，再也看不见了。丹斯先生站在原地，自称"好像是一条被扔在岸上的鱼"，他所能做的只有派人到布里斯托尔请求派快艇拦截。"即便如此，"他说，"也没有什么用。这些海盗一旦到了海上，就没人能制服他们了。不过，"他补充说，"我很高兴把皮尤撞死了。"他说这话时，我已经把事情的前因后果详细告诉了他。

我陪同他回到本葆将军客店。屋子被毁坏的景象真是惨不忍睹。壁上的时钟也被扔在地上。虽然除了船长的钱袋和钱柜里一些银币，他们什么也没有拿走，但我一看就明白了：我们破产了。丹斯先生看到这幅景象也十分诧异。

"他们不是已拿走了钱吗？你说他们还想要找什么？是不是想找更多的钱？"

"不，先生，他们不是在找钱，"我说，"其实，他们要找的东西就在我胸前的口袋里。老实对你讲，我想把它放到一个安全的地方。”

“那当然，孩子，”他说，“如果你愿意，我可以替你收藏。”

“我想，也许利夫西大夫……”

“你说得对，”他欣然同意道，“利夫西大夫是位绅士，又是治安推事。我得亲自跑一趟，向他和乡政府报告此事。皮尤死了，我对此并没有什么担忧。但毕竟是死了人，很可能有人会追究我的责任。听我说，如果你愿意，我想带你一同去。”

我接受他的建议并向他表示感谢。接着我们一同走到邻近的村子里，所有马匹都停在那里。我把我的打算告诉母亲，并得到了她的同意，而此时所有缉私队员都已在马上了。

“道格，”丹斯先生对其中一位缉私队员说，“你骑的是一匹好马，让这孩子坐在你后面吧。”

我刚骑上马背，抓住道格的腰带，督税官便下达了出发的命令。于是我们沿着大路浩浩荡荡向利夫西大夫家奔去。

第六章

船长的文件

一路上我们快马加鞭，直到来到利夫西大夫家门口才停下。大夫寓所的前面一片黑暗。

丹斯先生叫我下马去敲门。道格腾出一只马镫让我下马。很快有一位女仆出来开门。

“利夫西大夫在家吗？”我问道。

仆人答道，他不在，但下午曾回来过，现在正在乡里的头面人物特里劳尼家里吃晚饭，晚饭后还会在那里。

“那我们就到特里劳尼府上去吧，弟兄们。”丹斯先生说。

这一次因为路途很短，我就没有上马，而是拉着道格的马镫皮带跑向特里劳尼宅邸的大门。在月光照耀下，我们穿过一条树叶飘零的长长通道，来到一栋被古老的大花园簇拥的白色建筑物前。丹斯先生在此下马，经通报后，带领我一同走了进去。

一名仆人领我们走过一条铺有草垫的长廊，然后把我们带到一间宽敞的书房。书房四周全是书橱，上面摆着许多半身雕像。特里劳尼先生和利夫西大夫手持烟斗分别坐在明亮的火炉两旁。

我从来没有在这么近的地方见过特里劳尼先生。他个头很高，超过六英尺，身材魁梧而匀称。从他脸上可以看出，他是一位粗犷豪放的人，那久经风霜的暗红色脸上已经有了皱纹，两道乌黑的浓眉时常上下掀动，这使他看上去很有个性，不过这并不是什么缺点，他只是有些性急。

“进来吧，丹斯先生。”他语气庄重，却丝毫不摆架子。

“晚上好，丹斯，”大夫点头招呼道，“晚上好，吉姆小朋友。什么风把你们吹来啦？”

督税官站得笔直，把事情的前后情节像背书似的讲了一遍。两位先生身体前倾，听得津津有味，甚至忘记了吸烟，只是在惊讶之余才你望望我，我望望你。当他们听到我母亲毅然回客店这一段时，利夫西大夫竟重重地拍了一下自己的大腿，而特里劳尼先生则连声叫好，不觉把他的长烟斗折断在炉栅上。故事尚未讲完，特里劳尼先生已离开座位在房间里来回踱步。利夫西大夫为了听得更清楚些，便脱去那涂粉的假发，露出一头剪短的黑发，这使他看上去很是异样。

丹斯先生终于把故事讲完了。

“丹斯先生，”特里劳尼先生说，“你可真是一条好汉。至于撞死那个凶残可恶的瞎子，我倒认为是一件好事，就像我们踩死一只蟑螂一样。霍金斯这孩子也不错。霍金斯，你替我按一按铃，给丹斯先生要一杯啤酒。”

“吉姆，”大夫问道，“他们要找的东西是不是在你身上？”

“是的，先生。”我说着，把油布包递给他。

大夫接过来仔细端详一番，似乎想把它马上拆开。然而他并没有这样做，而是默默地把它放入外套衣袋里去了。

“特里劳尼先生，”大夫说，“丹斯喝完了啤酒还得回去履行公事。我想把吉姆·霍金斯留下，带到我家去睡。如果你同意的话，我建议给他吃一点冷馅饼，他还没有吃晚饭呢。”

“就照你说的去办，”特里劳尼欣然同意，“论霍金斯的功劳，今天请他吃比冷馅饼更好的东西也应该。”

很快仆人送来一大块鸽肉馅饼，放在旁边桌上。我正饿得发慌，便放开肚子饱餐了一顿。其间，我听到丹斯先生又受到几句夸奖，然后离去了。

“特里劳尼先生。”大夫说。

“利夫西大夫。”另一个声音同时传来。

“让我先说吧，”利夫西大夫笑道，“你听说过弗林特这个人吗？”

“怎么没有听说过？”特里劳尼大声说，“当然听说过！他是有名的海上大盗。‘黑胡子’①与他相比，只能是小巫见大巫。西班牙人对他怕得要命。老实告诉你，我有时甚至感到自豪，因为他是英国人。我曾在特立尼达附近的海面亲眼看见他船上的中桅帆。我乘坐的那条船的船长是一个胆小如鼠的窝囊废，见状后立刻掉转船头返回西班牙港②。”

“我在英国也听说过他的名字，”大夫说，“我现在想知道的是，他有钱吗？”

“钱！”特里劳尼大声说，“你听了丹斯刚才所讲的故事吗？除了钱，这些海盗还要什么？除了钱，他们还在乎什么？他们之所以甘冒生命危险，不

---

① “黑胡子”是英国著名的海盗。

② 西班牙港是特立尼达岛的首府。

是为了钱又是为了什么？”

“我们很快就会知道一切，”大夫说，“不过你这样情绪激动，慷慨激昂，我连一句话也插不进来。我想知道，假如这油布包里有关于弗林特藏宝地点的线索，这笔宝藏的数目有多大？”

“有多大？先生，”特里劳尼大声说，“这样说吧，如果我们有了你所说的线索，我就到布里斯托尔船坞去装备一艘大船，带你和霍金斯一起去寻宝。即使搜寻一年，我也要找到那宝藏。”

“那好，”大夫说，“现在，如果吉姆同意，我们就把这包裹拆开。”说着，他就把油布包放在桌上。

那包东西是用针线密密麻麻缝起来的，利夫西大夫只得打开他的医疗器械箱，用手术剪刀剪开。包里共有两件东西：一本薄薄的小册子和一卷密封的纸。

“先让我们看看这小册子。”大夫建议道。

利夫西大夫亲切地示意我从刚才吃饭的桌旁走过来和他一起分享寻宝的快乐。当他翻开小册子时，我和特里劳尼先生站在他身后凝神看着。第一页上只有一些乱涂的字，看上去好像是有人拿着墨水笔，出于无聊或试笔需要而胡乱写上的。其中有一行字与船长身上刺花的内容相同：“比尔·博恩斯的珍爱”。除此之外，还有“大副博恩斯先生”“不准再喝朗姆酒”“他在棕榈沙①外得到了他应得之物”以及其他只言片语，并且大多是看不懂的单词。我不禁暗自思忖，是谁“得到了他应得之物”？那“应得之物”究竟是何

① 棕榈沙是墨西哥湾东北部一座小岛，靠近佛罗里达半岛西岸。

物？是不是他近肩头处被刺的那一幅草图？

“从这里得不到什么线索。”利夫西大夫一边说，一边往下翻。

接下来的十页至十二页记载着一些奇怪的账目。每一栏的一端记着日期，另一端记着金额，这与普通的账册没有什么不同。但是，账目缺了用途一栏，仅在两端中间画了为数不等的若干十字。例如：一七四五年六月十二日有一笔七十英镑的款项分明已划归某人，但账册上仅有六个十字，没有文字说明。不过，有几笔账目倒是加注了地名，如“加拉加斯附近”，或者只写上经纬度，如“62°17′20″，19°2′40″”。

这本账差不多连续记了近二十年。随着时间推移，账上的金额也越来越大。最后算出了一个总数，虽然这其中有五六处计算上的错误。在账的末尾写着“博恩斯的所得”。

“我看不懂上面写的这些东西。”利夫西大夫说。

“事情很清楚，”特里劳尼先生说，“这是黑心鬼的账本。这些十字代表被他们击沉的船只和掠劫的城镇。账上的总数是他的分赃所得。在他担心容易产生混淆的地方，他特地写了几个字加以说明。比如：‘加拉加斯附近’表示有一艘船在离海岸不远处遭到袭击。愿上帝保佑那些可怜的船员，他们早已化成海底的珊瑚了。”

“对！”大夫说，“到底是旅行家见多识广。你看！随着他职位的提升，他分到的钱也就越来越多。”

这本册子的最后几页记着几处地点的方位，一张法国、英国和西班牙三国货币的换算表，此外就再也没有什么了。

“这家伙真会算账，”大夫说，“看来是一个理财能手。”

“再看看那卷纸吧。”特里劳尼先生说。

这卷纸有好几处都用火漆封口并用顶针代替印戳，这顶针也许与我在船长口袋里找到的那只完全相同。大夫小心翼翼地拆开封口，从中抖落出一张岛的地图，上面标有经纬度、海水深度以及山丘、海湾和小港的名称。图上还记载了海船靠岸所需的详细资料，如哪里停泊最安全、停泊时需要注意哪些事项等。这座岛屿大约有九英里长，五英里宽，形状犹如一头肥胖的直立恐龙。岛上有两个被陆地环抱的避风良港，岛的中央有一座名为“西贝格拉斯”的小山。图上还有几处后来加上的附注，其中以三个红十字记号最为醒目：两个标在岛的北部，一个标在西南部。靠近西南部的红十字旁写着一行小字“金银财宝大部在此”，不过这几个字写得十分工整，与船长歪歪斜斜的字体大不相同。

地图的背面由同样的笔迹添注着以下文字：

大树，西贝格拉斯山坡。

位置东北偏北。

骷髅岛，东南偏东。

十英尺。

银锭在北方的地窖里；你可以沿着东边小山的斜坡向前，面向黑色岩石，在其南面十英寻①处找到。

武器很容易找到，就在北部港口小岬北角的沙丘中，方位正东偏北

① 1英寻=1.829米。

四分之一点。

杰·弗

文字记载到此为止。我未能看懂,可能是字太少,但特里劳尼先生和利夫西大夫却欣喜若狂。

“利夫西,”特里劳尼先生说,“你不要再干那无聊的行医行当了。明天我就动身去布里斯托尔。三周以内,不,两周! 不,十天以内,我们就可以拥有英国最好的船和最好的水手。吉姆可以到船上当一名侍应生,你一定能成为一名出色的侍应生。利夫西当随船医生。我当总管。我们把雷德拉斯、乔伊斯和亨特也带去。我们将全速航行,一路顺风到达宝岛并很快找到藏宝之地。那里的金币堆积如山,任你在上面打滚,拿它们打水漂。”

“特里劳尼,”大夫说,“我跟你一起去,吉姆也会随我们去。我们保证尽职尽责。我只对一个人不放心。”

“那人是谁?”特里劳尼问道。“告诉我他的名字!”

“就是你,”大夫说,“因为你管不住你的嘴。知道这消息的人不止我们。今晚袭击客店那一伙人个个都是亡命之徒,留在船上和在附近活动的人也非等闲之辈。我敢说他们人数不少,个个都会奋勇争先,不惜一切代价去寻找藏宝之地。我们在出海前,谁也不要单独行动。我和吉姆待在一起,你和乔伊斯以及亨特去布里斯托尔。自始至终千万不能把我们的发现告诉其他人。”

“利夫西,”特里劳尼说,“你放心好了。我一定会守口如瓶。”

第二部　海上厨师

第七章

聚集布里斯托尔

我们在出海前所花费的准备时间大大超过了原先的预计。最初的计划一项也没有实现,甚至连利夫西大夫要我留在他身边的设想也告吹了。大夫不得不去伦敦找一个医生来代替他行医,特里劳尼在布里斯托尔忙得脱不开身。我住在特里劳尼府上,在猎场总管雷德拉斯的看管下,如同一名囚犯。然而,我时常做着航海的幻梦,企盼早日登上异国的岛屿,找到金银财宝。我常常一连几个小时研究那张地图,把所有细节都牢记在心。我坐在总管屋子的火炉边,默默地幻想着从各个不同方向登上那宝岛。我把岛上每一块地方都考察过了。我曾不止千次登上那座被称为"西贝格拉斯"的小山,从山顶上观赏奇特多变的景色。岛上到处都是野人,我们得与他们作战;有时候,我又看见四周都有野兽向我们扑来。但是我幻想中的奇遇远不如以后的实际探宝经历那样出乎预料和悲惨壮烈。

数周后的一天,邮差终于送来一封特里劳尼先生写给利夫西大夫的信。信封上写道:"如大夫本人不在,可由汤姆·雷德拉斯或小霍金斯拆阅。"遵照这条指示,我们(其实是我,因为雷德拉斯只认得印刷体字母)拆开信,从中获悉以下重要内容:

亲爱的利夫西：

由于不知道你现在是在我的宅邸还是在伦敦，我把这封信一式两份，分寄两处。

船已经买下并装备一新，随时可以出海。这是一艘非常漂亮的纵桅船，连孩子都能驾驶它。船载重两百吨，名叫“希斯帕诺拉号”。

我是通过我的老朋友勃兰德里介绍买到这艘船的。他是一个好人，自始至终像奴隶一样为我效力。其实，这里所有人一听说我们要去的地方——我的意思是指金银岛——都乐于为我效力。

“利夫西大夫肯定会不高兴，”我停下来对雷德拉斯说，“特里劳尼先生还是泄密了。”

“究竟谁对呢？”猎场总管抱怨道，“特里劳尼先生绝对不会为了利夫西大夫的缘故而守口如瓶。”

听了这话，我不想再发表评论，于是继续念信：

勃兰德里亲自选中了“希斯帕诺拉号”，他运用极其高超的手段以最低价把它买下。在布里斯托尔，有一伙人十分仇恨勃兰德里。他们硬说他看似老实，为了钱却什么都干得出来。他们甚至说“希斯帕诺拉号”是勃兰德里的船，他现在以荒谬的高价卖给了我。这些都是恶毒的诽谤。对于这艘船的优点，没有人敢加以否认。

到目前为止，一切进展顺利，只是装置帆樯索具的工人干活太慢，不过事情会慢慢好起来。我最伤脑筋的是船上人员配备问题。

我希望招足二十个人，这样即使遇到土著、海盗或可恶的法国人，我们也足以抗敌。可是我费了九牛二虎之力才招募到六个人。直到后来，我突然撞上福星，这才招到了我梦寐以求的人。

我是站在码头上同这人偶然相识的。经过交谈，我得知他是一个老水手，目前正经营一家酒店。他称他认识布里斯托尔所有水手，他自己上岸后反而身体不舒服，很想当一名厨师，再回到海上。他说，那天早晨他一瘸一拐到码头来，就是为了再次闻到海水的咸味。

我听后非常感动（换了你也会这样），出于同情，当场决定雇他当船上的厨师。他的名字叫约翰·西尔弗，个头很高，缺一条腿；不过我倒认为这是最好的推荐信，因为他是霍克将军①的部下，是在海战中失去那条腿的。然而，他却没有得到国家的养老金。利夫西，这个世道太不公平了！

起初，我以为我仅仅找到一个厨师，谁知竟由此得到大批水手。西尔弗帮了我的大忙，使我在几天之内便招募到一批最有经验的老水手，尽管他们的样子很难看，但看表情就知道他们都有不屈不挠的钢铁意志。我敢说我们的木船一定能打赢一艘军舰。

约翰甚至从我已雇定的六个水手中剔除了两个。他事后对我说，这两人是在江河边长大的水手，叫他们出海探险是万万不能的。

我现在身体和精神都很好，吃得好，睡得香。但我要等看到我的那些老水手绞动绞盘，起锚出发时，才会真正安心。我们快出海吧！去那

---

① 爱德华·霍克(1705—1781)，十八世纪中叶英国著名海军将军。

藏金之地！我憧憬着大海的辉煌。利夫西，你快来；一小时也不要延误，如果你看得起我的话。

约翰·特里劳尼

一七××年三月一日

于布里斯托尔海船旅店

又及：我忘了告诉你，勃兰德里已经为我们找到一位经验老到的船长。他还答应如果我们到八月底还没有回来，他就会派另一艘船来找我们。船长虽然性格倔强，在其他方面却十分出色。约翰·西尔弗物色到一个名叫阿罗的人当大副，此人十分能干。利夫西，我找了一个会吹口哨发布命令的水手长，将来在“希斯帕诺拉号”船上，一切行动都将进行军事化管理。

对了，我还应该告诉你，西尔弗是一个有钱人。据我所知，他在银行开有账户，从不透支。他让他的妻子留下经营酒店。他妻子是黑人，这恐怕是驱使他再度出海探险的另一原因。我们都是老光棍，对他做出这样的选择是可以理解的。

约翰

再及：可以让霍金斯行前到他母亲那里住一夜。

约翰

读完这封信后，我十分兴奋，甚至可以说欣喜若狂、不能自禁，而汤姆·雷德拉斯却唉声叹气，提不起精神，这使我十分讨厌。任何一名猎场看守都能胜任总管的职位，但特里劳尼偏偏指定雷德拉斯。特里劳尼的话在乡里是一言九鼎，除了雷德拉斯，别人连嘀咕几句也不敢。

第二天早晨，我和雷德拉斯步行到本葆将军客店。我看见母亲的身体和精神都恢复得很好。那位长期以来搅得我家鸡犬不宁的恶棍船长已到阴间去了。特里劳尼先生已把一切遭破坏的家什修理复原，客厅和门前的招牌也油漆一新。他还为客店添购了一些新家具，并特意在酒柜后面为我母亲安放了一把精美的扶椅。他为母亲雇了一个学徒，以便在我外出时帮助她料理店务。

等到见到了那学徒男孩，我才第一次明白了母亲的处境。在此之前，我只想到即将开始的轰轰烈烈的探险经历，根本没有想我即将离开的家。见到眼前这位笨手笨脚、一问三不知的小男孩，想到他将替代我的位置留在母亲身旁，我第一次流出了眼泪。这男孩是新手，我把他狠狠地折磨了一番。我不放过每一次机会，不停地纠正他、教训他。

过了一夜，第二天午饭后，我和雷德拉斯便动身启程。我告别了母亲，告别了我出生以来就伴随我成长的小湾，告别了“本葆将军客店”那块可爱的老招牌，不过自从被重新油漆后，它看上去不如以前亲切了。我最后想到了死去的船长，他曾戴着那顶三角帽，胳膊下夹着一副铜制望远镜，脸上留有一道刀疤，沿着海岸趾高气扬地走动。不一会儿，我们转过弯角，就再也看不见我的家了。

黄昏时分，我们在乔治国王旅馆附近的荒原上搭上邮车。我被夹在雷德拉斯和一位肥胖的老绅士之间。尽管车抖动得很厉害，晚上寒风刺骨，我一上车就开始打瞌睡，不久就睡得像木头一样，任凭邮车上下颠簸，过了一站又一站。当我的肋骨被猛撞一下，最后醒来时，我睁眼一看，发现我们的车已停在城里街上一幢大建筑物前面。天已破晓多时。

“我们到哪里了?”我问道。

“布里斯托尔,”汤姆说,“下车吧。”

特里劳尼下榻的旅馆远在码头上,他住在这里是为了便于监管船上的工作。我们只得徒步向那里走去。沿途见到了许多大小不一、式样不同的各国船只,这使我非常开心。有几只船的水手正一边工作,一边唱歌;另几只船上的水手正攀登在我头顶的桅樯上。抬头望去,悬垂的帆索细得似蛛丝一般。虽然我从小在海边长大,却好像从未这般靠近过大海。码头的柏油路和海风的咸味使我感到很新鲜。我看见许多形态各异的船头饰像,这些船都曾经出过远洋;我还看见许多饱经风霜的老水手,他们戴着耳环,留着鬈曲的络腮胡子,脑后垂着一根涂了柏油的辫子,摇摇晃晃走着独特的水手步伐。即使让我去见同样多的国王和主教,我也不会比此时更为愉快。

现在我也要乘坐一艘大帆船出海远航了!船上的水手长会吹哨发令,同船的许多水手拖着辫子,还会唱歌。他们将和我一同驶向一个不为人知晓的岛,去寻找埋在地下的金银财宝!

当我们走到一家大旅馆门前与特里劳尼先生不期而遇时,我仍沉浸在欢乐的梦幻中。特里劳尼穿着一件笔挺的蓝色外套,酷似一位海军军官。他含笑从大门走出时,仍在有意模仿水手的步伐。

“欢迎光临,”他喊道,“利夫西大夫昨晚已从伦敦赶到。太好了,所有人都到齐了!”

“先生,”我问道,“我们什么时候开船?”

“开船?”他说,“明天就开船出海!”

第八章

西贝格拉斯酒店

吃完早饭，特里劳尼先生交给我一张便条，要我送给西贝格拉斯酒店的老板约翰·西尔弗。他对我说，那地方很容易找，只要沿着码头走，看到一家用铜制大望远镜做招牌的小酒店即是。我想到又有机会看看港口里的船舶和水手，心里十分高兴。我兴冲冲地出发，在人群、大车和货包中间穿梭而行，因为此时正是码头一天最繁忙的时候。几经周折，终于找到了那家酒店。

这是一处小巧明亮的娱乐场所。店里的招牌刚油漆过，窗子上挂有整洁的红色窗帘，地上铺着干净的沙子。酒店有两扇大门各通向一条街道，宽敞低矮的营业厅尽管烟雾腾腾，从外面往里看却是一目了然。

店里的顾客大多是水手，他们说话时嗓门很高，吓得我躲在门口，不敢进去。

我正在犹豫，有一个人从侧面一间屋里走进营业厅，我一看就知道他是高个子约翰。他的左腿齐臀部被截去，左肩下的拐杖却被他使用得灵活自如。他拄着拐杖走路时就像一只鸟在地上跳跃。此人身材高大，体格健壮，脸盘大得像火腿；相貌平常，面色苍白，但说话时面带笑容，十分机敏。看来他心情很好,吹着口哨在桌子间来回走动,每每见到比较熟悉的客人,都要停下来说几句笑话或拍拍肩头。

说实话,自从第一次听到特里劳尼先生在信中提及高个子约翰,我就怀疑此人是我在本葆将军客店守候了多时的独腿水手。但我一看到那人便立刻打消了疑虑。我曾经见过船长、黑狗和瞎子皮尤,对海盗的模样长相已经相当熟悉。在我看来,眼前这位斯文和蔼的老板根本不可能是海盗。

我鼓起勇气,跨过门坎,径直向他站立的地方走去。那时他正拄着拐杖和一位顾客交谈。

“您是西尔弗先生吗?”我递过便条问道。

“是的,孩子,”他说,“这是我的名字。你是谁?”等他接过特里劳尼先生的信,似乎吃了一惊。

“哦! 我知道你是谁了。你是我们船上的侍应生。见到你非常高兴。”他伸出手,大声说。

他用粗大坚实的手紧紧握住了我的手。

此时,坐在角落的一位顾客突然起身,向门外溜去。门就靠在他座位旁,转眼间他就逃到了街上。他这反常的举动引起我的注意,我一眼望去便认出了他。此人正是当初到本葆将军客店来找船长的那个面色苍白、左手缺两个手指的黑狗。

“嗨,快抓住他!”我大叫起来,“那人是黑狗!”

“我不管他是谁,”西尔弗喊道,“不过他还没有付账。哈里,去把他抓回来。”

离门最近的一个人一跃而起,追了出去。

“即使他是霍克将军,也得付钱。”然后,他松开我的手问道:“你刚才说他是谁? 黑什么?”

“黑狗。”我答道,“特里劳尼先生不是已经把海盗的事情告诉您了吗? 他就是其中一人。”

“原来如此,”西尔弗愤愤不平道,“这家伙竟然敢到我店里来。本[①],快去帮哈里一起追。他竟然是那伙王八蛋中的一员。摩根,你不是和他一起喝过酒吗? 你过来。”

那个叫摩根的人是一个年老白发、面色暗红的水手。他嘴里嚼着烟草块,乖乖地走了过来。

“摩根,”约翰·西尔弗厉声问道,“你以前有没有见过这黑——黑狗?”

“没有,先生。”摩根恭恭敬敬地答道。

“你以前也不知道他的名字?”

“不知道,先生。”

“苍天在上,汤姆·摩根,算你走运,”约翰叫道,“你要是曾和他那样的人混在一起,从此别想再进入我的酒店。我绝对说话算数。刚才他对你说了些什么?”

“我记不清楚了,先生。”摩根回答说。

“你头上长的究竟是脑袋还是木瓜?”约翰大为不满,厉声喝道,“怎么连刚才谁对你说了什么话也记不清楚了? 好好想一想,他刚才喋喋不休地对你说了些什么? 是不是关于航海、船长、船只? 你快说,是不是?”

---

① 本是本杰明的昵称。

“我们在讲喝龙骨水①的事。”摩根答道。

“是吗？真该让你们喝喝龙骨水。滚回你座位上去吧，你这笨蛋！”

等摩根回到自己座位后，西尔弗以一种十分讨好的语气，凑近我耳边轻声说：

“汤姆·摩根人很老实，就是笨了点。现在，”他提高嗓门，往下说道，“让我想一想。黑狗？不，我没有听说过这个名字，真的没有。不过，我好像见过这个人。他曾同一个瞎眼乞丐来过几次。”

“那肯定是他，你没错，”我说，“我认识那瞎子，他叫皮尤。”

“你说得对！”西尔弗兴奋起来，“皮尤！他的名字是叫皮尤。他看上去就像坏蛋！如果我们能抓到黑狗，特里劳尼先生准会十分高兴。本是个飞毛腿，很少有人能跑得比他快。他肯定能抓住黑狗，上帝保佑！这黑狗刚才不是在谈论喝龙骨水的事吗？我要让他尝尝喝龙骨水的滋味！”

当他连珠炮一般高谈阔论时，西尔弗一直拄着拐杖在店堂里跳来跳去，用手猛拍桌子。他那副义愤填膺的样子足以使伦敦刑事法庭的法官或伦敦警察法庭的探长打消对他的怀疑。当发现黑狗出现在西贝格拉斯酒店后，我不觉对西尔弗又产生了疑心，开始注意他的一举一动，但以他的城府之深、反应之快、点子之多，我根本不是他的对手。不一会儿，两位外出追赶黑狗的人气喘吁吁地跑回来报告，说黑狗已经从人群中溜走了。西尔弗立刻把他俩痛骂了一顿。此时，我对约翰·西尔弗的清白已是深信不疑。

“你看，霍金斯，”他说，“这件事对我来说倒霉透了。如果特里劳尼知

---

① 指用绳子把犯人缚住，浸入水中，在船身龙骨下拖的一种刑罚。

道此事，他会怎么想？我居然会让这个可恶的贼坐在我的酒店里喝我的朗姆酒！你来告诉我后，我才知道真情。可我竟瞎了眼，让他从我们身边溜走了。霍金斯，你得在特里劳尼先生前替我主持公道。你虽然还是一个孩子，却十分聪明。你一进门，我就看出来了。只恨我是一个残废，拄着这根拐杖，毫无用处。如果我还是当年做水手时的我，这黑狗绝对跑不掉。只需一眨眼工夫，我就能稳稳地把他抓住。可我现在——"

突然，他停了下来，耷拉着下巴，似乎想起了什么事情。

"钱！我忘了收酒钱！"他大声叫道，"三杯朗姆酒的钱啊！我怎么给忘掉了！"

他倒在一条长凳上放声大笑，直到笑得眼泪顺着脸颊流淌下来。我也忍不住笑了起来，我们的笑声响彻店堂内外。

"哎，我真是不中用了！"他抹干眼泪说，"霍金斯，我俩会相处得很好，我觉得我也只配做船上的侍应生。现在，我们该走了。这件事不能就此了结，必须公事公办。让我戴上帽子，和你一起去见我们的船主特里劳尼先生。我要把这件事告诉他。霍金斯老弟，这可是一件大事情。不过，我俩在这件事上都没有什么光彩，我们都太傻。最糟的是，我连酒钱也未能追回来。"

他又开始大笑起来。虽然我并不觉得好笑，最终还是附和着笑了起来。

在我们沿着码头行进的路上，西尔弗热情地为我介绍有关船只和海洋的知识。他把我们一路上所见的各种船只的性能、装备、吨位和国籍一一告诉我。他还对它们眼下正在进行的工作进行了详细介绍：有的正在卸货，有的正在装船，有的即将出海远航。除此之外，他又给我讲了一些有关船只和水手的逸事。在用到某一航海用语时，他会反复说明其意义，直到我完全弄明白为止。我开始认识到，有他做我的同船伙伴是再好不过了。

我们到达旅馆时，特里劳尼先生和利夫西大夫正在一边喝啤酒，一边吃烤面包。他们随后将去纵桅船上检查出海前的准备工作。

高个子约翰把发生在酒店里的故事从头到尾讲了一遍，说得眉飞色舞，很少添油加醋。“当时的情况是这样的吗，霍金斯?”他不时停下来问道，我只得每次都为他作证。

两位先生对黑狗的逃走感到很遗憾，但我们一致认为这不算什么失误。高个子约翰在受到一番夸奖后便拄着拐杖离去了。

“所有人员今天下午四点到船上集合。”特里劳尼先生冲着他的背影大声说。

“知道了，先生。”厨师在走廊里应道。

“特里劳尼先生，”利夫西大夫说，“总的来讲，我对你发掘的‘人才’并不十分相信，但对这位约翰·西尔弗，我很满意。”

“这个人真的不错。”特里劳尼说。

“现在，”大夫又说，“就让吉姆和我们一道上船吧，好吗?”

“当然可以。”特里劳尼说，“戴上你的帽子，霍金斯，我们一起到船上去。”

第九章

火药和武器

“希斯帕诺拉号”停泊的地方离岸上较远。我们的小船在许多大船的船头饰像和船尾间穿梭而行，它们的缆绳时而擦着我们的船底，时而在我们头上摇晃。几经周折，我们终于靠近了“希斯帕诺拉号”。船上的大副是一位肤色棕黑、佩戴耳环、眼睛斜视的老水手。他一见我们，连忙上前迎接。显然，他与特里劳尼先生关系很好。但我很快发现，船长与特里劳尼关系并不十分融洽。

船长一脸严肃，似乎对船上的一切都不满意，并急于想让我们知道他不满的原因。我们刚进入船舱不久，就有一位水手跟了进来。

“先生，斯莫利特船长有话要和您谈。”他说。

“我随时恭候船长，请他进来。”特里劳尼说。

船长就在他的使者身后不远的地方。他立刻走了进来，随手把门关上。

“你好，斯莫利特船长，有何见教？希望一切都准备就绪，可以出海了。”

“特里劳尼先生，”船长说，“你还是让我说实话，尽管忠言逆耳。我不喜欢这次航行,不喜欢这些船员,不喜欢我的大副。我的话就这些。”

“也许你是不喜欢这艘船吧?”特里劳尼先生问道,我看得出他十分生气。

“在没使用它以前,我不能这么说。”船长回答道,“不过,仅从外表看,这船似乎不错;别的我就没什么可说的了。”

“也许你也不喜欢你的船主吧?”特里劳尼继续问。

此时,利夫西大夫开始插话。

“等一下,”他说,“等一下。不要这样提问,这会有伤感情。船长也许还有许多该说的话没有说。我想请他把他说过的话解释一下。你说你不喜欢这次航行,请问为什么?”

“先生,我本来是受雇把这艘船开往船主所要去的地方。目的地对我保密,”船长说,“这本没有什么。但是,我现在发现船上的每一个人知道的情况都比我多。我认为这不公平,你认为呢?”

“对,”利夫西大夫说,“我也认为不公平。”

“其次,”船长继续说,“我听说我们将去探宝——请注意,我是从我手下的人那里听说的。探宝是一件充满危险的工作,我对探宝毫无兴趣。这次航行本应该保密,但这个秘密——请恕我直言,特里劳尼先生——连鹦鹉都知道了。”

“是西尔弗的鹦鹉吗?”特里劳尼问。

“我只不过是在打一个比喻,”船长说,“我的意思是泄密了。我认为你们俩都不知道你们即将面临的险境。让我明白无误地告诉你们吧:你们将面临生与死的考验,形势不容乐观。”

“我们清楚将面临的危险和考验，”利夫西大夫说，“我们是准备冒险，但并非你想象的那样无知糊涂。你说你不喜欢这些船员。难道他们不是好水手吗?”

“我的确不喜欢他们，”斯莫利特船长说，“说到这里，我认为当初应该由我来挑选我手下的人。”

“也许是应该让你自己选，”大夫回答道，“我的这位朋友当初也许应该和你一道挑选。不过，他这疏忽并非故意。还有，你为什么不喜欢阿罗先生?”

“我是不喜欢他。我相信他是一个好水手，但他对水手太放纵，不是一个好大副。一个好大副应该严于律己，不应该和普通水手一起饮酒!”

“你的意思是他酗酒?”特里劳尼嚷了起来。

“我不是这个意思，先生，”船长回答道，“我嫌他太随便了。”

“好吧，长话短说。你对我们有什么要求，船长?”大夫问。

“两位先生，你们是不是下决心要进行这次远航?”

“千真万确。”特里劳尼先生说。

“那好。”船长说，“既然你们已经耐心地听我说了这些连我自己都无法证实的情况，请允许我再啰唆两句。他们现在把武器弹药堆放在前舱，而你们却住在船尾客舱里，这很不安全。为什么不把武器弹药搬到船的尾部?这是第一点。其次，你们现在带着四个自己的心腹在身边，然而我听他们说，他们被安排睡前舱。为什么不叫他们睡在客舱里?”

“还有吗?”特里劳尼先生问。

“还有一点，”船长说，“那就是泄密太多。”

“实在太多了。”大夫同意道。

“我可以把我听到的告诉你们，”斯莫利特船长说，“据说你们有一张一座岛的地图，地图上有十字标记的地方就是藏宝之地。那座岛在——”然后他准确说出了岛屿所在的经纬度。

“我从未告诉过任何人岛的方位。”特里劳尼先生急忙辩解。

“船上的人都知道，先生。”船长说。

“利夫西，这一定是你或霍金斯说出去的。”特里劳尼叫了起来。

“现在追究谁说出去的已无多大意义。”大夫说。我看得出，他和船长都不大理会特里劳尼先生的声辩。说实话，我也不大相信特里劳尼的话，他太保不住秘密了。不过这一次我却相信他说的是实话。我们中谁也没有把岛的位置告诉别人。

“好吧，先生们，”船长继续说，“我不知道地图在谁手上。我要强调的是，这件事即使对我和阿罗先生也要保密，否则，我将提出辞职。”

“我明白了，”利夫西大夫说，“你希望我们严守秘密，并且把船上所有的武器弹药都集中在船尾，让我朋友的心腹力量去加以守卫。换句话说，你是担心船上发生哗变。”

“先生，”斯莫利特船长说，“我并不想得罪你，但我并不认为你能想当然地代表我讲话。任何一位船长如果有充分的理由说这句话，他就不应该再出海。至于阿罗先生，我相信他是一个绝对诚实的人。有几个水手也是诚实的，说不定其他人都是诚实的。但我要对船的安全和船上每一个人的生命负责。我觉得有些事情苗头不对。因此我请求你们采取一些防范措施，否则我只好辞职。我的话完了。”

“斯莫利特船长，”大夫微笑地说道，“不知你听过‘大山和小鼠’[①]这一则寓言吗？我想你会原谅我的，但你的话使我想起了那则寓言。我敢打赌，你刚进来时一定是做好了某种打算的。”

“大夫，”船长说，“你真是很有眼力。我来这里时就已做好了辞职的准备。我估计特里劳尼先生不会接受我的意见。”

“我并不想听你唠叨，”特里劳尼生气地说，“如果不是利夫西在场，我早就叫你滚蛋了。现在我已听完了你的陈述，我将照你的意见去办；但我并不会因此对你的印象更好。”

“那是你的权利，先生，”船长说，“你将来会知道我是尽到了职责的。”

说完他便告辞了。

“特里劳尼，”大夫说，“出乎我意料，你总算招募到两个正直的人到船上来：一个是船长；另一个是约翰·西尔弗。”

“西尔弗还马马虎虎，”特里劳尼说，“至于船长，他真是一个令人讨厌的家伙。我认为他的行为一点没有男子汉气概，更不像一名水手，与我们英国人海纳百川的气派差距甚远。”

“好吧，”大夫说，“我们日后走着瞧。”

当我们走出船舱来到甲板上时，水手们已经开始唱着号子搬运武器弹药，船长和阿罗先生也在一旁指挥。

这次重新安排深合我意。全船布局做了一次大调整：六张铺位从中舱后部移动到船尾舱房。这组房舱仅由左舷一条用插销闩紧的通道与船上厨

---

① 《伊索寓言》篇目之一。某山忽然震动发声，乡里人听见都以为大祸将至，前去探视，不料跑出来的却是一只小老鼠。

房和前甲板的水手间相连。这六张铺位原来是准备给船长、阿罗先生、亨特、乔伊斯、大夫和特里劳尼先生用的。后来,其中两张给了我和雷德拉斯。船长和阿罗先生则睡在舱房升降口的上甲板处,那里的两边已经被扩大,可以称之为后甲板室。这房间十分低矮,但还是能放下两张吊床。大副对这种安排也很满意。也许他对船上的水手也有疑心,不过这只是猜测而已。读者不久就会明白,他对整个航行几乎没有起什么作用就消失了。

正当我们紧张地搬运武器弹药时,高个子约翰和最后几名水手坐着小船来了。

约翰像猴子般敏捷地爬上大船。他一看见我们正在搬运东西,便问道:“喂,兄弟们,你们在干什么?”

“我们在搬运弹药,约翰。”有人回答道。

“老天在上,”约翰惊呼道,“这样搬来搬去,我们将错过早潮!”

“是我的命令!”船长大声说,“你还是快到下面的厨房去吧。大家还等着吃晚饭呢。”

“是,是,船长。”厨师答应道并举手行了个礼,随即立刻朝厨房方向走去。

“这个人不错,船长。”大夫说。

“也许吧。”斯莫利特船长答道,接着他又对正在搬运的船员喊道,“小心,大家小心!”他跑向搬运弹药箱的水手,突然发现我正在观察安放在甲板中央的一尊铜制旋转炮。“喂,你这个侍应生,”他大声说,“别在这里玩!去厨房里找活干!”

我赶紧跑开了。这时,我听见他提高嗓门对大夫说:

“我的船上不允许有人享受特殊待遇！”

读者可以相信，自那以后我与特里劳尼先生一样，也对这位船长产生了几分不满情绪。

第十章

海上航行

那天我们整整忙了一夜才把东西安放好。后来,我们又接待了一船又一船特里劳尼的朋友,如勃兰德里等人,他们特地前来预祝他一帆风顺,平安返航。我在本葆将军客店时,没有哪天的活有今晚的一半多。等到天将破晓,我已累得直不起腰了。这时,水手长吹响了哨子,水手们站在绞盘扳手前准备起锚。我尽管十分劳累,仍不愿离开甲板。简洁的命令,尖锐的哨声,在船上朦胧灯光下忙碌劳作的众多水手——这一切对我来说是那么新奇有趣。

“喂,老伙计,给我们唱一支歌。”有水手提议道。

“唱支老歌。”另一人附和道。

“好吧,兄弟们。”站在一旁,拄着拐杖的厨师立刻唱起了那支我所熟知的歌:

“十五个人争夺死者的皮箱——”

接下来,所有的水手同声唱道:

“唷嗬嗬,朗姆酒一瓶,快端上!”

唱完第三个音节时,大家一齐发力,转动绞盘扳手。

在这激动人心的时刻，我不由回想起从前在本葆将军客店的情景，仿佛又听到死去的船长那高亢苍老的声音混杂其中。不一会儿，铁锚露出水面；又过了一会儿，锚已悬吊在船头，滴滴答答往船上淌水。再过一会儿，风帆已升起，船缓缓驶离码头，陆地和其他船只逐渐从两边向后退。在“希斯帕诺拉号”开始了驶向金银岛的航程后，我才回到舱里休息了一小时。

我不想详细讲述这次航行的细节。一切顺利。这艘船的确性能良好，水手们也十分得力，船长尽职尽责。但在我们到达金银岛之前，发生的两三件事情有必要加以说明。

首先，阿罗先生的表现比船长想象的还要糟。他指挥不动任何水手，他们在他面前为所欲为。但更糟的事情还在后面。在出海一两天以后，他就开始醉眼惺忪、两颊通红地出现在甲板上，说话时迷迷糊糊，前言不搭后语，还有其他酗酒后的醉态。他在遭到船长指责后，只好灰溜溜地回到船舱下面。有时候，他摔倒在地，割破了皮肉；有时候，他整天躺在升降口一侧属于他自己的铺位上；偶尔也有一两天他滴酒不沾，努力工作。

然而，我们始终没有查出他是从哪里搞到的酒。这是船上的一大秘密。我们虽然随时监视他，可始终揭不开这个谜。我们当面质问他时，他总是哈哈大笑。无论是喝醉了，还是在清醒时，他都会矢口否认，说除了清水之外，他什么也没有喝过。

作为大副，他完全不称职，而且还对周围船员产生了不好的影响。可以看得出，照此下去，他很快就会自寻死路。果然，在一个风大浪急的黑夜里，他突然失踪，并且从此消失了。这件事并没有引起船上任何人的惊讶，也没有任何人对此感到惋惜。

“肯定是掉到海里去了！”船长说，“这样也好，省得我们用链条把他锁起来。”

可是这样一来，我们便少了一个大副，因此不得不在水手中挑选一个。水手长约伯·安德森是最佳人选。尽管他仍保持原有的称号，实际上已兼管大副的工作。特里劳尼先生曾经当过水手，他的航海知识也派上了用场。在天气晴朗时，他常常亲自去值班瞭望。副水手长伊斯雷尔·汉兹是一个谨慎老练、富有经验的老水手。在危急关头，几乎任何事情都可托付他处理。

伊斯雷尔·汉兹和高个子约翰·西尔弗交往甚密。提起西尔弗，我想说一说这位船上的厨师——水手们都把他叫作老伙计。

到了船上以后，他用一根绳子把拐杖套在脖子上，这样两只手就可以活动自如了。做饭时，他把拐杖脚插在隔舱里，然后用身体撑在拐杖上，这样任凭船身如何摇晃，他都能像在陆地上一样稳稳当当料理烹调，这的确让人大开眼界。更令人奇异的是看他在风大浪急时如何穿过甲板。他在距离最远的空当间拉了两根绳索供自己攀扶，大家把这两根绳索称为“高个子约翰的耳环”。只见他手扶绳索，从一个地方走向另一个地方，时而使用拐杖，时而把它挂在绳子上拖在背后，行进速度之快不亚于能用两条腿走路的人。不过，有几个以前和他一同出过海的人看他现在这个样子，都惋惜他已大不如前。

“老伙计可不是一个寻常的人，”副水手长对我说，“他在少年时代曾受过良好的教育。如果他认真起来，说起话来头头是道，就像说书似的；至于勇敢，恐怕狮子也不能与他相比。我看见过他手无寸铁地与四个人搏斗，一把抓住他们的头，让它们相互碰撞。”

船上的水手不但尊重他，而且都服从他。他对付每一个人都有一套方法，使每一个人都对他感激不尽。他对我始终十分友好，每次在厨房见到我都十分热情。他把厨房收拾得干干净净，把碗碟擦得铿亮并竖放起来。在厨房一角，他还用笼子养着一只鹦鹉。

“来，霍金斯，”他总是这样叫我，“来和我聊聊天。在船上我最喜欢的就是你，我的乖孩子。坐下来听我讲故事。这是‘弗林特船长’——我用这位大名鼎鼎的海盗的名字来称呼我的鹦鹉。这位弗林特船长曾预言我们这次航海会取得成功。喂，我的宝贝鹦鹉，你是不是这样说的？”

这只鹦鹉立刻急切地叫道：“八个里亚尔①！八个里亚尔！八个里亚尔！”直到约翰·西尔弗用手巾捂住笼子，它方才停了下来。

“告诉你，”他说，“这只鸟恐怕有两百岁了，霍金斯。这种鸟寿命很长。除了魔鬼以外，谁也不会比它看到过更多的罪恶。它曾经和英格兰，那个著名海盗英格兰一同航海。它曾到过非洲的马达加斯加、印度的马拉巴尔、南美的苏里南、北美的普罗维登斯、巴拿马的波托贝洛。它曾经见过怎样打捞那满载银币的沉船。就是在那时，它学会了叫‘八个里亚尔’。这并不奇怪，当时共捞起了三十五万枚西班牙银币。霍金斯，印度总督号在果阿港②外被劫时，它也在场。它看上去虽然像一个小孩子，却是身经百战。你说是不是，弗林特？”

“准备抢风行驶。”鹦鹉尖叫道。

---

① 旧时西班牙银币名，八个里亚尔等于一个比索。

② 印度马拉巴海岸葡属殖民地首府，现已被印度收回。

“这鸟真是聪明过人。”厨师从衣服口袋里掏出糖递给它。可是鹦鹉却啄着笼栅不停地叫骂，骂出的那些下流话几乎令人难以置信。约翰接着说：“这叫近墨者黑，老弟。我这只可怜无知的老鸟骂起人来可真是天下无敌。它已经改不了啦。即使当着牧师的面，它也会脏话连篇。”说到牧师时，约翰总要很虔敬地行一个举手礼，这使我更加认为他是世上最好的人。

与此同时，特里劳尼先生和斯莫利特船长的关系继续疏远。特里劳尼毫不掩饰他对船长的恶感。船长则常常保持沉默，即使开口，也十分尖刻、简短和生硬，决不多说一个字。当他被再三追问，非表态不可时，他也承认以前对水手们的看法失之偏颇，有些水手的确身手不凡，所有人都能尽职尽责。至于这艘船，他十分喜爱。“它驾驶起来是那么得心应手，比我自己的妻子还要听话。不过，”他总要添上一句，“我还是要说，我们尚未完成这次航行，我也不喜欢这次航行。”

特里劳尼先生听了这话，总会转身离开，翘着下巴，在甲板上来回踱步。

“这家伙再这样翻弄舌头，”他总会说，“我可要对他不客气了。”

我们遇到过几次恶劣的天气，这恰恰给“希斯帕诺拉号”提供了证明其优良性能的机会。船上每一个人都很满意。如果不是这样，他们就未免太挑剔了。我相信自从诺亚①驾舟出海以来，从来没有任何一条船上的船员像我们的船员那样被如此纵容娇惯。他们随便找一个借口就可以喝双份的酒。船员不时可以吃到水果布丁。只要特里劳尼听说某日是谁的生日，在甲板上就会摆放一只开着盖的桶，里面装满了苹果，任人享用。

---

① 《圣经·旧约·创世记》中得上帝明示、乘方舟逃难的人，被认为是航海者的始祖。

“我从未见过这样做会有好结果，”船长对利夫西大夫说，“这只会把水手惯坏，使他们腐败堕落。”

不过，读者往下读就可知道，好结果正是从苹果桶里产生的；如果没有苹果桶，我们就不能预先得到消息，很可能被哗变者全部杀害了。

事情的经过是这样的：

接近赤道时，我们一直跟着信风走，以便让这由东北吹向西南的信风把我们送往目的地（恕我不能讲得更明白了）。现在我们正日夜兼程驶向金银岛，一路上不停地加强瞭望。估计我们最多只剩下一天的航程，说不定今夜，或最迟明日中午就能见到金银岛。我们向着西南偏南方向行驶，和煦的海风正好吹在船体正面。海面波平浪静，“希斯帕诺拉号”稳稳地向前推进着。船首的斜桅不时被一阵飞溅的浪花浸湿。上下各帆都鼓起了风帆，所有人都精神饱满，因为我们已经接近此次探险的目的地了。

日落黄昏时，我已干完一切工作，正准备回到铺位上休息，忽然想吃一只苹果。于是，我跑上甲板。此时，守望人都在船头探望，盼望有海岛出现。副水手长正在留心船帆吃风的角度，他一边看，一边轻轻地吹着口哨。除了海水擦着船首和船舷的唰唰声，四周唯一能听到的就是这口哨声。

我钻进苹果桶，发现里面几乎是空的。于是我索性坐在桶里。也许是因为里面光线很暗，再加上水声和船身微微摇晃，我不觉昏昏欲睡。忽然，有一个颇为肥胖的人在桶边扑通一声坐了下来。他身体倚靠在桶上，桶身就晃动起来。我刚想从桶里跳出去，那人却开口说话了。那是西尔弗的声音，我刚听了头儿句话，便决定无论如何也不能暴露自己。我藏在桶里，怀着极大的恐惧和好奇心，颤抖着侧耳倾听。

只听了头几句话，我就明白了，船上所有好人的性命此刻都系于我一人。

第十一章

获悉哗变计划

“不,不是我,”西尔弗说,“弗林特是船长,我因为行动不便,只管掌舵。在一次舷侧炮同时发射时,我失去了一条腿,老皮尤失去了一双眼睛。给我做截肢手术的是一位有名的外科医生,大学毕业,精通拉丁文。但后来他也跟其他人一样在科尔索要塞①像狗一样被吊死,然后在太阳下烤焦。他们是罗伯特②的部下,因为经常给他们的船更改名字而闯了祸。他们的船一会儿叫‘皇家福号’,一会又叫别的什么号。我认为,一条船一旦定了名,就应该永远沿用此名。‘卡桑德拉号’就是这样,因此在英格兰船长夺取‘印度总督号’后,它仍能载着我们平安地从马拉巴尔回来。还有弗林特的那条老船‘海象号’也是用这种办法满载而归,我曾见到船上染满了鲜红的血,而它所载的金子差一点把船压沉了。”

“啊!”另一个人赞叹道,他是全船最年轻的一名水手,“弗林特真是了不起!”

“戴维斯也是一条好汉,”西尔弗说,“不过我从未与他一起出过海。我

① 位于非洲西部几内亚黄金海岸的一个英国炮台。

② 英国著名海盗。

最初是跟着英格兰干，后来又跟了弗林特，这就是我的全部经历。至于说到现在，我可以说是自立门户了。我跟随英格兰时攒下了九百英镑，后来跟随弗林特又攒下两千英镑。一个普通水手能攒下这个数目已经很不错了。这笔钱全都平安地存在银行里。这些钱不是靠赚来，而是靠省下来的。所有英格兰的部下都已去向不明。弗林特的人大部分都在这艘船上，他们能捞到水果布丁已经很开心了，因为他们中有的人曾经沦为乞丐。瞎了眼的老皮尤真该感到害臊，他在一年之内竟挥霍了一千两百英镑，简直就像上议院的勋爵。他现在又怎样呢？死了，到阴间去了。但两年来他一直食不果腹，真可怜！他行乞，偷窃，杀人，可还是吃不饱，真该死！"

"看来干这一行最终没有什么好结果。"年轻的水手说。

"对傻瓜来说，的确没有好结果，然而他们无论做什么事，结果都是一样，"西尔弗说，"你年纪虽然很轻，却十分聪明伶俐。我一眼就看出来了，因此我和你谈话时完全把你当成年人对待。"

当我听到这个十恶不赦的老骗子用曾经吹捧我的话来讨另一个人的喜欢时，我的心情如何，读者可想而知。如果有可能的话，我恨不能透过桶身把他捅死。这时，他又继续往下讲，完全没有料到有人正在偷听。

"冒险君子一般不肯安居乐业。他们生活放荡，并且随时要冒被杀头的危险。但他们吃喝起来就像赛前的斗鸡一样毫无节制。每次航海归来，他们的衣服口袋里都会有几百英镑。他们中大部分人都会拿这笔钱去吃喝嫖赌，等到把钱花光后，又两手空空再度出海。我的做法可不是这样。我把所有钱分存各处，每处存一点，不要存得太多，以免引起怀疑。告诉你，我今年五十岁了，这次航行结束以后，就金盆洗手，当一个真正的正人君子。你也许要说，日子还长着呢。但我的日子一直过得不错，从来是随心所欲，想吃什么就吃什么，想要什么就要什么。当然，在海上航行是例外。你问我是怎么起家的？同你一样，也是从普通水手做起的！”

“可是，”年轻水手说，“你其余钱财恐怕保不住了吧？此次航海结束后，你是不敢再在布里斯托尔出现了。”

“你猜一猜，我把钱放到哪里了？”西尔弗讥讽地问道。

“总是在布里斯托尔银行或别的什么地方。”年轻人答道。

“是的，”厨师说，“当我们起锚扬帆时，钱还在布里斯托尔的银行里。但现在我老婆已经把所有的钱取走了。西贝格拉斯酒店连同租房契约、招牌字号以及所有家当都卖掉了。我老婆已经离开布里斯托尔到约定的地方等我去了。我本来很想告诉你那是什么地方，因为我很信任你，但又怕引起别的水手妒忌。”

“你信任你的妻子吗？”年轻人问。

“冒险君子往往彼此不信任，”厨师说，“他们这样做自有道理，但我有我的办法。如果有人要泄露我的秘密，那在这世界上就有我没他，或有他没我。过去有些人怕皮尤，也有些人怕弗林特，可是弗林特本人就怕我。他虽然怕我，却还以我在他手下干活而自豪。弗林特手下那帮人是最难管教的，谁也不敢和他们一同出海。不是我自己夸口，你已经看见了我和大家是多么融洽。当年我负责掌舵时，弗林特手下那帮老海盗见了我比绵羊还温顺。跟着我干，你不会吃亏的。”

“老实对你说，”年轻人说，“在和你谈话前，我一点不想干这活儿。不过现在我已打定主意和你一起干了。我们握手为盟吧，约翰。”

“好，你这小伙子有种，人也聪明，”西尔弗和他热烈握手，把木桶也震得摇晃起来，“在所有的冒险君子中我还没有见到谁比你更年轻漂亮。”

到这时，我才听懂了“冒险君子”的含义。原来这是“海盗”的代名词。我所偷听到的这一幕也许是西尔弗拉拢船上老实船员入伙的最后一幕(这年轻人可能是最后的一名老实船员)。不过，我很快发现，事情并非那么糟，这使我稍微放宽了心。只听西尔弗吹了一声口哨，又有一人走来和他们坐在一起。

“狄克想通了。”西尔弗说。

“我早知道他会想通的。”说话者竟是副水手长伊斯雷尔·汉兹。“狄克他人不傻。”他嚼了嚼口中的烟叶，吐了一口唾沫。“我有件事要问你，老伙计，”他继续说，“我们这样像驳船那样慢慢吞吞，进进退退，还要磨多少时间？我已经受够了斯莫利特船长的气，再也不愿在他手下干了。我恨不得马上住进他们的房舱，把他们的泡菜、葡萄酒以及其他好东西统统归我所有。”

“伊斯雷尔，”西尔弗说，“你总是这样鲁莽，一直是这样。不过你还是能听劝告的，我想应该是这样，因为你长有一对大耳朵。你听我说，在我未下命令之前，你仍得和水手们住在一起，努力工作，委婉说话，节制饮酒。你要听我的话，乖孩子。”

“我并不是不听话，”副水手长悻悻地说，“我想知道什么时候下手？”

“什么时候下手？笨蛋！”西尔弗嚷道，“既然你想知道，那我就告诉你：能拖延到什么时候就拖延到什么时候。我们船上有一流的船长斯莫利特为我们驾驶，特里劳尼和大夫带着地图，我不知道他们把它藏在何处，你也不知道，对不对？因此，我想让特里劳尼和大夫去寻宝，然后再帮我们把财宝搬到船上来。这时我们再相机行事。如果我能够约束得住你们这帮笨蛋的话，我还要让斯莫利特船长替我们驾船，等到驶回一半的路程，然后才下手。”

“你怕什么，我们在船上的人都是水手呀？”年轻人狄克插嘴道。

“我们只不过是一群普通的水手。”西尔弗猝然怒声说。“我们能沿着航道行驶，但谁能确定航道？这就是你们这班家伙经常失败的原因！依照我的想法，至少要等到斯莫利特船长在返程时把船驾到有信风的赤道附近，我们才不会算错航向，不至于弄到每天只能喝一小勺淡水的地步。不过，我知道你们这帮人的德性。一旦把金银财宝搬上船，我就会在岛上把他们干掉，尽管这并非我本意。我知道，不让你们喝得烂醉，你们就不高兴。说真的，我真不愿意和你们这群酒囊饭袋一同出海！”

“别发火，高个子约翰，”伊斯雷尔叫道，“谁惹你生气了？”

“多少大船变成废木头一堆，多少英雄好汉在伦敦正法场①晒成鱼干，”西尔弗嚷道，“都是因为性急，性急，性急。你听见我说的话吗？我在海上多次见过这类事情。如果你们能有明确的目标并懂得见风使舵的话，你们早就坐马车、住公馆了。可是你们没有这个福分！我知道你们是什么人。你们只盼明天有朗姆酒喝，连死也不在乎。”

“大家都知道你像牧师那样能说会道，约翰；不过也有几个人能像你一样颇有指挥才能，”伊斯雷尔说，“他们喜欢及时行乐，而不是妄自尊大，对

---

① 英国旧时绞死海盗的刑场，位于伦敦郊区泰晤士河畔。

人冷漠。每个人都十分快活。”

“是吗?”西尔弗说,“如今他们又在哪儿呢? 皮尤就是你说的那种人,可他死的时候是一个臭要饭的。弗林特也是这样的人,他在萨凡纳酗酒而死。跟这些人做伴固然有趣,可惜他们全都不在了。”

“但是,”狄克问道,“等我们为他们送终时,我们怎么处置他们?”

“你说的话才正合我意!”厨师赞赏道,“这才是我要提出的正经事。我先问你,你说怎么办? 是用英格兰的办法把他们流放在孤岛上,还是用弗林特或比尔·博恩斯的办法把他们像一头头猪那样宰掉?”

“比尔确实是那样的人,”伊斯雷尔说,“他常说‘死人不咬活人’。他现在自己也成了死人,对于这句话有亲身体验了。如果人世间有谁最心狠手辣,比尔可以算一个。”

“你说得对,”西尔弗说,“比尔真是心狠手辣,不留后路。我却不同,我还是比较温和,比较宽宏大量,有君子风度。不过,这一次情况非同寻常。我们必须公事公办。我主张处以死刑。如果我当上了国会议员,坐上了马车,我可不愿意那帮在房舱里空谈的海洋律师像魔鬼闯进教堂那样闯进我的家。我主张静候时机,但时机到了,决不能轻易放过。”

“约翰,”副水手长称赞道,“你真是一个了不起的人!”

“等将来你亲眼见到事情办成了,你自然会这样说,伊斯雷尔,”西尔弗说,“我只要求一件事。把特里劳尼交给我。我要亲手把他的狗头从他的脖子上拧下来。狄克!”他突然话锋一转,“你起来,好孩子。到桶里给我拿一只苹果,让我润润喉咙。”

读者可以想象当时的我是如何惊恐万状! 如果我有气力的话,我本应从桶中跳出逃命，但我四肢无力，也缺乏勇气。我听到狄克已经站起，这时似乎有人把他拉住了。只听汉兹的声音说：

“嗨，慢着。不要吃那桶底的垃圾货，约翰。我们来喝一杯朗姆酒。”

“狄克，”西尔弗说，“我信任你。我在酒桶上放有一只量酒的勺子。钥匙在这里，你去斟一小桶，带到这里来。”

我当时虽然万分恐惧，仍不由想到，原来阿罗先生就是从约翰这里得到酒喝，这才断送了性命。

狄克刚走不久，伊斯雷尔便凑在厨师耳边低声细语。我只能听出一两句话，却获得了一个重要信息。除了几句意义相同的零碎语以外，我听到了整整一句话——“他们中不会再有人加入了。”由此可见，船上还有忠于我们的人。

狄克回来以后，三个人依次举杯祝酒。其中一个说，“祝我们交上好运”；另一个说，“祝老弗林特保佑我们”；而西尔弗则像唱歌似的说，“我有一个小小的希望，希望大家牢记使命，劫得财宝堆满舱，吃穿不愁共欢庆。”

此时一阵亮光射入桶中，照在我身上。我抬头望望，只见月亮已经升起，把尾桅顶端染成银白一片，把前桅帆的前部照得雪白明亮。就在这时，从瞭望哨传来了欢呼声：“看见陆地了！”

第十二章

军事会议

甲板上立刻响起了一阵急促的脚步声。我听到大家纷纷从后舱和前舱跑出。我立刻从苹果桶里溜出，藏身在前桅帆后，然后绕过船尾，走上没有遮掩的甲板。这时，我遇到了亨特和利夫西大夫，便跟着他们一起向侧面当风的船首跑去。

全体船员都已聚集在船头。随着月亮升起，一层带状的薄雾立刻消失了。在我们西南方，有两座相距约两英里的小山；在其中一座后面还有一座更高的山，它的峰顶仍笼罩在雾中。三座山似乎都十分陡峭，形如圆锥。

我看见这一切时，似乎还在梦中，此时的我还没有从一两分钟前的惊恐中恢复过来。这时我听到耳边传来斯莫利特船长发布命令的声音。"希斯帕诺拉号"本来是在离风向不到两个罗经点[①]的方位行驶，现在改向靠近海岛东边的那条航线行驶。

"兄弟们，"等船员们拉紧帆脚索使角帆张开以后，船长问，"你们中有没有人从前见过那一片陆地？"

---

① 罗盘上共有三十二个点，每个罗经点等于十一又四分之一度。

“我见过，船长，”西尔弗说，“从前我在一条商船上做厨师时，曾在那里取过淡水。”

“我想锚地大概应该在南面那个小岛后面吧?”船长问。

“是的，他们把那岛称为骷髅岛。从前这里是海盗的一个重要根据地。当时船上每一位水手都熟悉这里的地形地貌。靠北的那座山叫前桅山，三座山并排向南延伸，分别叫作前桅山、主桅山和后桅山。而主桅山，也就是其中最高的那座白云蔽顶的山，通常被叫作西贝格拉斯①山，因为海盗在此下锚修船时，总是在这山上设瞭望哨。船长，那里就是他们修理船的地方呀！”

“我这里有一张地图，”斯莫利特船长说，“你看看是不是那地方?”

约翰接过地图时，两只眼睛都绿了。不过我知道他肯定会大失所望，因为那地图的纸色还很新。这不是我在比尔·博恩斯皮箱里所找到的那张原图，而是一份精工绘制的复本，上面标着所有地名、海拔高度和水深，唯独缺少红十字标记和附注。这时的西尔弗虽然很失望，仍能不动声色，尽力加以掩盖。

“是的，船长，”他说，“正是那个地方。这幅图画得很精确，不知是谁画的? 海盗是画不出这么好的图的。啊，这里写着‘基德船长锚地’几个字，当时我同船的伙伴就是这样称呼的。那里有一股激流，自北向南流过，然后向西北海岸流去。船长，”他继续说，“你最好改变航向，让船处在岛的上方。如果你要驶进那片水域，在那里停泊，那可是最合适的地方啦。”

---

① 英文意思为“望远镜”。

“谢谢你，”斯莫利特船长说，“以后我还会请你帮我们的忙。你可以走了。”

约翰竟直言不讳他对海岛情况十分熟悉，这种镇定自若的表现着实让我吃惊；当他向我走来时，我甚至有点心慌。当然，他并不知道我已躲在苹果桶里获悉了他的秘密。但是此时的我已对他凶狠残忍、奸诈狡猾的本性和应变能力惊愕不已，当他突然把手放在我肩膀上时，我不由打了个寒战。

“嘿，”他说，“这个岛可真是一个好地方。像你这样的孩子应该上去好好玩一玩。你可以洗澡、爬树、打山羊，也可以像山羊一样攀上山峰。一想到这些，我自己仿佛又变年轻了，甚至忘记了我是一个独腿人。记住，年纪轻轻，四肢健全，这是最愉快的事。如果你想上岛探险，只要告诉我老约翰一声，我一定给你准备好路上吃的东西。”

他在我肩膀上非常友好地拍了一下，然后就一瘸一拐地回厨房去了。

斯莫利特船长、特里劳尼先生和利夫西大夫聚集在后甲板上谈话。我虽然急于把听到的消息告诉他们，但仍不敢贸然打断。我正在苦苦思索良策，利夫西大夫把我叫到他身边，称他的烟斗忘在下面房舱了。他是一个瘾君子，因此叫我去替他把烟斗拿来。我趁机走到他身边，用别人听不见的声音低语道：“大夫，我有话要告诉你。你同船长和特里劳尼先生先到房舱去，然后找个借口叫我进去。我有可怕的消息要报告。”

大夫神色略变，但很快恢复了镇定。

“谢谢你，吉姆，”他高声说道，“我要知道的就是这些。”他说话的口气好像是他刚才正在问我一件事情似的。

说罢，他转过身仍旧继续和另外两人交谈。他们在一起又谈了一会儿，虽然没有一个人惊慌失措,或提高嗓门,或吹起口哨,但显然利夫西大夫已把我的话转告他们了。紧接着,我就听见船长命令水手长约伯·安德森把全体水手召集到甲板上来。

“兄弟们,”斯莫利特船长说,“我有几句话要对大家讲。我们望见的这片陆地便是本次航行的目的地。特里劳尼先生是一位十分慷慨大方的船主,这一点大家有目共睹。他刚才问起我船上的情况,我说全船的人员上上下下都十分尽职,我十分满意。现在,船主和我以及利夫西大夫要到房舱里为你们的健康和幸福举杯庆贺。船主还准备了一点薄酒,让你们也能为我们的健康和幸福喝上一杯。我认为特里劳尼先生这一举动真是漂亮无比。如果大家同意我的看法,就请你们为这位慷慨的绅士热烈欢呼吧!”

接着就是震耳欲聋的欢呼声,这是理所当然的,不过他们的态度如此真诚,我简直不敢相信,要谋害我们的人就是这些人。

“让我们也为斯莫利特船长欢呼一次。”当第一次欢呼声停止后,约翰高声建议道。

第二次的欢呼声同样令人感动。

在一片欢呼声中,三位先生到房舱下面去了。不一会儿,里面传话叫吉姆·霍金斯进去。

我走进房舱时,看见他们三人围坐在桌子旁边,上面放了一瓶西班牙葡萄酒和一些葡萄干。大夫已脱下假发并不停地抽烟,我知道这是他情绪激动时的习惯动作。那天天气很暖和,透过后舱开着的窗门,我们可以看到月光照在船尾的水波上。

“喂，霍金斯，”特里劳尼先生说，“你不是有话要说吗？快说吧！”

我立即以最简洁的语言把西尔弗谈话的要点讲了出来。直到我说完时，三位先生没有一个人打断我的话，甚至没有一个人动一动身子。他们的眼睛自始至终盯着我的脸。

“吉姆，”利夫西大夫说，“请坐下。”

他们让我坐在他们旁边，然后给我倒了一杯葡萄酒，往我手里塞满了葡萄干。接着，三个人依次向我敬酒，举杯祝我健康并称赞我的幸运和勇敢。

“现在，事实证明你是对的，船长，”特里劳尼说，“而我却错了。我真是笨得像一头蠢驴。一切照你的吩咐办吧。”

“我也比笨驴高明不了多少，”船长答道，“我从来没有遇到过水手预谋叛变而不露痕迹的，任何人看见有隐患存在都会采取预防措施。但这一批水手，”他接着说，“完全把我蒙骗了。”

“船长，”大夫说，“这都是西尔弗一手策划的。他的确是一个不同寻常的人。”

“我们要是能把他吊在帆桁上①，那才不同寻常呢，”船长说，“不过这只是说说而已，还不能成为现实。我有几点想法，如果特里劳尼先生允许，我就把它们全说出来。”

“先生，你是船长，我们一切听你的。”特里劳尼严肃地说。

“首先，”斯莫利特船长说，“我们必须继续前进，不能走回头路。如果

---

① 叛变的水手通常被吊在帆桁上，以示惩罚。

我下令掉头返回,他们立即就会哗变。第二,我们还有充裕的时间准备,至少要等到发现宝物以后,他们才会公开叛变。第三,船上还有一部分忠于我们的水手。动武只是时间早迟的问题。我提议按照成语所说,‘伺机而动’,趁他们毫无防备时给他们以狠狠一击。特里劳尼先生,我想,你自己的家仆应该是可靠的吧?”

“绝对可靠。”船主说。

“三个,”船长数道,“加上我们自己,一共是七个,霍金斯也在内。此外,水手中有几个人靠得住?”

“特里劳尼先生自己雇来的人似乎可靠些,”大夫说,“那些人是他在遇见西尔弗以前选定的。”

“那也不一定,”特里劳尼说,“汉兹也是我挑选的。”

“原来我也以为汉兹靠得住。”船长说。

“他们都是英国人呢!真令我汗颜!”特里劳尼愤然说道,“我真恨不得把这条船炸个稀巴烂!”

“先生们,”船长说,“我实在想不出更多的好办法。我们必须沉住气,伺机而动。我知道这是一件很难的事,长痛不如短痛。不过,在没有摸清敌我双方情况前,还是不能轻举妄动。查清情况,静候良机,这就是我的意见。”

“吉姆对我们的作用很大,”大夫说,“水手们在他面前毫无顾忌,而他又十分细心。”

“霍金斯,我绝对信任你。”特里劳尼说。

这时,我才感到惶恐不安,因为我觉得自己能力实在有限,然而奇怪的是，事态的发展竟然使我成了力挽狂澜的关键人物。同船的二十六个人中只有七个人我们知道是可靠的，而在这七人中还有一个是孩子。因此，我们只有六个成年人来对付他们十九个人。

第三部　岸上遇险记

第十三章

初上金银岛

第二天早晨当我走到甲板，发现海岛的样子已经完全变了。虽然风已停住，我们的船在夜间还是向前走了一大段路程，此时正安然停泊在离平坦的东海岸东南约半英里的地方。岛上大部分地方都被灰白色的树林所覆盖。这种均匀的色调却又被低地的几片黄沙地和许多高大的松树打破——有的昂然独立，有的成片生长、高出其他树木一大截。但岛上的景色给人的总体印象还是单调暗淡。每一座山山顶上都生长着尖塔般赤裸裸的岩石，每一座山都形状奇特，其中被称作西贝格拉斯的那座山比岛上其他山约高出三四百英尺，形状最为奇异：它的每一个坡面都十分陡峭，到了山顶突然变得非常平坦，犹如一个能安放雕像的石基座。

“希斯帕诺拉号”向前推进时，海面的波动淹没了排水孔。中帆樯上的下桁紧紧地扯住了滑车，舵板左碰右撞砰然作响。整个船身就像一所巨大的手工作坊，不停地呻吟和摇晃。我只觉得天旋地转，不得不紧紧抓住帆缆。在平时的航海中，我从未晕船。但我也从未像现在这样站立不动，任凭船像瓶子似的转个不停，再加上当天早晨我是空腹上甲板，没吃早饭，忍不住呕吐了两次。

也许是由于晕船,也许是由于岛上那令人压抑的树林和岩石裸露的山顶,或是由于耳闻目睹的浪击陡岸的飞沫和轰鸣——虽然阳光普照,四周有海鸟在欢叫着啄食鱼类,照理说,在海上待了那么久,谁都想上岸走走,然而,我却正如成语所说,萎靡不振,提不起精神。实际上,自从我第一眼望见这个岛,就对这个被称为金银岛的地方毫无感情。

那天早上我们有许多工作要做。由于海上无风,我们只好把小船放下去,每一只小船上配备若干人,用绳索把大船沿着岛角牵引了三四英里,穿过一条狭窄的海峡进入骷髅岛背后的港湾。我自告奋勇跳上一只小船,其实我并没有什么事情可做。当天气温很高,水手们一边干活,一边大发牢骚。我坐的那只小船由安德森指挥,他非但不制止水手,反而自己也高声叫骂起来。

“他妈的,”他边骂边说,“反正这活快干到头了。”

我认为这是一个极其危险的征兆。截至今日,所有水手对待他们的工作还是认真负责的。可是一看见海岛,人心就涣散了。

入港途中,约翰一直站在舵手旁边指引航路。他对这条航道了如指掌。尽管测量出的水深每一处都比图上注明的更深,约翰却一次也没有犹豫。

“这里的泥沙已被退潮时的海浪冲去了不少,”他说,“因此这条航道很深,差不多可以说是用铁铲铲出来的。”

我们就在图上标明的停泊处抛锚,距离两岸各约三分之一英里:一边是主岛,另一边是骷髅岛。这里海水清澈见底,我们能看见水底黄澄澄的沙地。我们下锚时的响声惊动了成群的海鸥。它们在树林上空盘旋鸣叫,可是不到一分钟,它们又重新飞回原处,四周恢复了宁静。

我们停泊的地方周围全是树林密布的陆地。树木一直长到涨潮时所达到的海岸旁。海岸地势平坦，几座山峰环立远方，看似一个半圆形竞技场。有两条小河，或者说是两片沼泽，流入这个可以称之为池塘的港湾。沿岸的树叶都发出一种像是有毒的光。我们在船上所见的木屋或栅栏，大都掩隐在树林中。要不是后甲板房舱升降口所挂着的那张图，我们很可能自认为是从这海岛露出海面以来第一批在此地下锚的人呢。

空气中没有一丝风，也没有一点声音，只有半英里外传来海浪冲刷海岸、拍打港外岩石的涛声。一股奇怪的霉味充斥在锚地上空，是一种霉烂树叶和腐烂树干的臭味。我发现大夫不停地嗅来嗅去，仿佛在闻一只臭鸡蛋。

“我不知道这里有没有宝物，”他说，“但我敢打赌，这里一定有黄热病①存在。”

如果说水手们在小船上的举动已引起了我的担心，他们回到大船后的表现则更为可怕。他们躺在甲板上，无所事事，只是聚在一起，大声喧哗。命令他们做任何事情，哪怕是一件小事，都会遭到白眼。他们即使做了，也是马虎了事，极不情愿。甚至最老实的水手也受到感染，船上没有一个人肯听从别人的意见。显然，一场哗变就像雷雨前的乌云正高悬在我们的头上。

发现危机苗头的人不仅是我们住在房舱里的人。高个子约翰也忙着奔走于船员间，对他们婉言劝导，自己则以身作则，处处起带头作用。他故意装出一副和蔼可亲的样子，无论见到谁都报以微笑。一听到有命令，他立刻拄着拐杖，高高兴兴地连声应道：“是，是，先生。”空闲时，他就一首接着一

① 一种热带和亚热带的传染病。

首地唱歌,好像要把其余水手的不满情绪遮掩过去。

在那个危机四伏的下午,所有不祥征兆中最明显的就是高个子约翰的反常表现。

我们在房舱里开会商讨对策。

“先生们,”船长说,“如果我冒险再下一道命令,全体船员就会一哄而起围攻我们。这局面已经难以控制,你们也看到了。刚才我不是遭到他们的抵制吗?如果我回敬他们,立刻就有长矛飞过来;如果对此不加理睬,西尔弗就会看出问题,那就没救了。现在我们只有一个人可以依靠。”

“那人是谁?”特里劳尼先生问。

“西尔弗,先生们。”船长回答道,“他和我们一样急于稳定局面。这是一次小冲突,他只要有机会就会立刻劝阻他们。所以我建议给他一个机会,让他为我们做工作。我们允许水手们下午上岸去。如果他们统统上岸,我们就把这艘船掌握在自己手中,用它来作战。如果他们一个也不去,我们只能守住房舱,听天由命。静观事态发展。如果有几个人要上岸,我敢担保,他们同西尔弗回到船上时,个个会像绵羊一样温顺。”

事情就这样决定了。装了子弹的手枪分发给所有忠实可靠的人。亨特、乔伊斯和雷德拉斯听我们介绍情况后,并不像我们所预料的那样吃惊,相反却斗志高昂。于是船长走到甲板上向全体船员讲话。

“兄弟们,”他说,“今天天气很热,大家做了一天的工作都十分疲劳。你们可以上岸去玩一玩,放松放松。小船仍放在水中,谁愿意去都可以去。在日落前半小时我会放炮通知大家回来。”

那些蠢家伙一定认为他们一上岸就能在脚下发现珍宝,因此一个个喜上眉梢,欢呼雀跃。他们发出的欢呼声在远处的山谷回荡,再次惊得海鸟四处乱飞,在锚地上空呱呱直叫。

聪明的船长不愿妨碍西尔弗发号施令。他立刻走开了,以便让西尔弗安排一切。我认为他这样做是对的。如果他留在甲板上,就再也不能假装什么也不知道了。事情再清楚不过,西尔弗已在履行船长的职责,他手下有一大帮试图谋反的水手。而那些忠实的水手——不久我就会发现船上还有一部分不愿谋反的人——大多反应迟钝,能力不强。我猜测实际情况大体如此:所有人在西尔弗的影响下都怀有二心,只不过程度不同而已。少数几个心地善良的人不愿被引诱或被逼迫走得太远。总之,吊儿郎当,闷闷不乐是一回事;劫掠船只,滥杀无辜又是一回事。两者性质完全不一样。

最后,西尔弗终于安排好了一切。六个人留在船上,其余十三人连西尔弗在内,分乘小船上岸。

这时,我忽然在头脑里产生了一个近似疯狂的念头,多亏了这个念头,我们后来才得以获救。西尔弗既然留了六个人在船上,我们显然不可能把船夺过来,掌握在自己手上,同样,我们这一方也并不迫切需要我的帮助。于是,我忽然决定到岸上去。说时迟,那时快,我已经翻过船舷,爬到最近一只小船的船首。几乎就在同时,小船开始撑离大船。

谁也没有注意到我的存在,只有前桨手说了一句:"是你啊,吉姆?把头低下去。"但坐在另一只船里的西尔弗用犀利的目光望着我们的船,大声查问究竟是不是我。从那时起,我开始懊悔自己做事太鲁莽了。

水手们飞快地向岸边划去,然而我乘坐的小船由于出发在先,再加上船身较轻,桨手技术高超,因而遥遥领先。船头很快插入岸边的树木间。我攀着一根树枝，纵身一跃，钻入岸上丛林，而此时的西尔弗和其余水手还在一百码以外。

“吉姆，吉姆！”西尔弗大声喊道。

我毫不理会，连蹦带跳，一会儿钻入草丛，一会儿越过灌木丛，一路狂奔，直到再也跑不动为止。

第十四章

第一次打击

我对能甩掉高个子约翰感到非常高兴，以至于开始饶有兴趣地环视我登上的这片陌生的土地。

我穿过长满杨柳、芦苇和稀有湿地树木的沼泽地，走到一处空旷沙地的边缘。这沙地高低不平，长约一英里，上面稀疏地长着几株松柏，不过枝干弯曲似橡树、树叶浅绿如杨柳的陌生树种却为数甚多。沙地远方有一座双峰小山，它两个奇特而陡峭的尖顶在阳光照耀下十分夺目。

我有生以来第一次领略到探险的乐趣。在这荒无人烟的海岛上，和我同船来的水手已经远远地被我甩在后面，除了不会开口说话的鸟兽，没有人会出现在我眼前。我在树林里东游西荡，不时遇见许多我叫不出名字的奇花异草。我还见到几条蛇；其中一条从岩石缝隙里伸出头来，发出一种像陀螺旋转的声音。我丝毫没有想到这是一条能置人于死地的响尾蛇，那声音正是从它尾端的环发出的。

接着我穿过一条很长的、形似橡树的树林。我后来听人说这种树被称作常青橡树。它们像刺藤似的矮矮地生长在沙地上，树枝奇特地弯曲着，叶子则长得密密满满，像茅草屋顶。树林从一座沙丘顶上伸展下来，越往下走，树就分布越广，生长得越密、越高，一直蔓延到一片长着芦苇的开阔沼泽地。附近一条小河就是经过这片沼泽地流入我们的锚地的。沼泽地在强烈的阳光照射下散发着蒸汽，西贝格拉斯山的轮廓在升腾的水雾中依稀可辨。

突然芦苇丛中传来一阵骚动；一只野鸭鸣叫着腾空而起，接着又有几只飞了起来，顷刻间一大群野鸭布满沼泽地上空，嘎嘎叫着在半空中打转。我立刻断定有几个与我同船而来的水手正在向沼泽地走来。果然不出所料，不久我就听见有人在很远的地方用很低的声音讲话。我凝神聆听，那声音变得越来越响、越来越近了。

这使我大吃一惊。我随即隐藏在离我最近的常青橡树下，蹲在那里像老鼠一样一动也不动地屏息静听。

另一个声音在回答。然后，第一个声音——现在我辨认出是西尔弗的声音——接个话头，滔滔不绝地讲了很长时间。另一个声音很少插话。从语调上判断，两人的谈话十分热烈，甚至可以说十分激烈；可是我一个字也听不清楚。

最后，两人似乎停止了谈话，也许已经坐下了，因为他们没有再前进，野鸭群也渐渐安静下来，重新回到原来的栖息地。

这时我才开始意识到自己的失职。既然我已莽莽撞撞地跟着这帮亡命之徒上岸，至少应该去听听他们在说些什么。因此，此刻摆在我面前的任务是，在这些弯弯曲曲的树木掩护下，尽量靠近他们目前所在的地方。

我能够准确断定这两人所在的方向；除了他们谈话的声音，还有一个标志：在他们头上仍有几只鸟在不安地盘旋着。

我手脚并用，向他们一步步缓慢地爬去。最后我从树叶的缝隙处抬起头，清楚地看见沼泽地旁边有一小块绿树成荫的小山谷。高个子约翰·西尔弗和一个水手正站在那里面对面地谈话。

阳光直射在他们身上。西尔弗把他的帽子扔在旁边的地上，他那宽大、光滑、白净的面孔由于受热而显得红光满面。他正对着另一个人的脸，似乎在努力说服对方。

"朋友，"他说，"我是因为把你看成沙里的金子才这样对你说。你与众不同，你可以相信我的话。如果我不是这样看重你，会专门来这里提醒你吗？一切都成定局了，你毫无办法，也不可能改变。我说这些是为了保全你的性命。要是那帮亡命之徒知道这件事，他们会怎样对付我，你说，汤姆，他们会怎样对付我？"

"西尔弗。"另一个人说。我注意到他不仅满脸通红，说话时嗓子也像乌鸦般粗哑，声调则像紧绷的绳子一样震颤。"西尔弗，"他说，"你已经老了，人也正派，至少你有这样的名声。你有钱，这是许多穷水手所没有的。另外，要是我没有看错人，你还十分勇敢。你说你愿不愿意脱离那帮愚蠢的家伙？你不肯吧？至于我，我可以向上帝起誓，即使砍掉我一只手，我也绝不违背良心做事——"

突然，他的话被一阵喧嚣打断。我已经找到了一位忠实的水手，也就在此时，我又得到了另一位忠实水手的消息。在离沼泽地很远的地方，突然发出一声愤怒的叫喊，接着又是一声叫喊，然后是一声恐怖的长啸。西贝格拉斯山的峭壁几度回响着这惨叫，沼泽地里的野鸭再次整群地飞起来，黑压压的鸭群遮蔽了大半个天空。过了好一会儿，那声临死前的惨叫还久久在我脑海中萦绕。四周又恢复了平静，唯有野鸭飞回沼泽地时的扑翼声和远处汹涌澎湃的怒涛声打破午后这沉闷的气氛。

汤姆好像一匹被靴刺踢了的马，闻声跃起，西尔弗却连眼睛都没有眨一下。他拄着拐杖，站在原地，像一条伺机跃起咬人的蛇，两眼直盯着汤姆。

“约翰。”那水手边说边伸出他的手。

“不准碰我！”西尔弗怒吼道。与此同时，他猛地向后跳了一码远，动作之迅速和稳定简直如同一位训练有素的体操运动员。

“我可以不碰你，约翰·西尔弗，”汤姆说，“你怕我，恐怕是由于心虚。看在上帝的分上，告诉我刚才是谁在大声呼救？”

“你想知道吗？”西尔弗微笑道，但比以前更为小心谨慎。他的眼睛在那张大面孔上小得像一个针孔，却像玻璃碎屑似的闪闪发亮。“你问那声音吗？好像是艾伦的声音。”

汤姆听到这话，便像一位勇士一样勃然大怒。

“艾伦！”他喊道，“愿他的在天之灵平安！他不愧是一个真正的水手。至于你，约翰·西尔弗，你以前是我的朋友，但现在已不是了。我与其像猪狗般活着，不如为尽到我的职责而死。你们已经杀死了艾伦，是不是？你有本领，把我也杀了吧。但是我不会与你们同流合污。”

勇敢的汤姆说罢就转身背对厨师向海边走去。但他注定走不远。约翰一声吼叫，攀住一根树枝，从腋下抽出拐杖，把它当作原始标枪向前投去。拐杖尖端正好击中了汤姆两肩间的脊背中央。可怜的汤姆突然高举双手，发出一阵喘息声，然后就重重地跌倒在地。

他是否受了重伤，谁都不知道。根据当时的声音判断，他的脊梁骨很可能当场就被打断了。但他已没有苏醒的机会了。西尔弗虽然跛着脚，扔掉了拐杖，人却灵便得像猴子一样。只见他转瞬间就跳到汤姆身旁，在那毫无抵抗能力的躯体上用刀连续猛戳了两下。从我埋伏的地方，甚至能听到西尔弗在连捅两刀时的喘气声。

我不知道昏厥的情形究竟怎么样，不过我确实知道，在接下来几分钟里，整个世界在一团旋涡似的迷雾中从我面前飘散而去。西尔弗、野鸭群以及高高的西贝格拉斯山的山顶都在我眼前回旋打转，耳边则不停地响起各种不同的钟声和从远处传来的喧嚣声。

等我苏醒过来时，西尔弗这恶棍早已恢复常态，戴好帽子，腋下夹着拐杖。汤姆一动不动地躺在前面的草地上，但西尔弗连看也不看一眼，只是埋头抓了一把青草把沾有血迹的刀擦了一遍。一切依然如故。太阳仍旧无情地照在冒着蒸汽的沼泽地和山顶上。我真不敢相信：不久以前确实发生了杀人惨案，我亲眼看见有人被残忍地杀死了。

这时，约翰把手伸进衣袋，掏出一只哨子，吹出好几种音调不同的哨声。这声音在热空气中很快传开了。我当然不知道这哨声的含义，但它立刻引起了我的恐惧。一定有更多的人要到这里来，我也许要被发现。他们已经杀死了两个不愿参加哗变的水手，难道我将成为汤姆和艾伦之后的第三人？

我立刻想方设法脱身，以最快的速度悄悄地再爬回树林中那一片开阔地。就在我逃离时，听见西尔弗和他那一伙人互相在呼应。这声音促使我逃得更快。我一离开树林便拼命地奔跑，几乎来不及辨认方向，只求能远远地避开这些杀人凶手。我跑得越快，心里就越恐惧，最后简直要发疯了。

试想，还有谁比我更倒霉？等到鸣炮时，我怎么敢上小船和那帮沾有血腥味的杀人魔鬼同在一起？他们一看见我，就会把我的脖子拧断。如果我不回去，不等于告诉他们我心虚吗？这也就等于告诉他们我知道了他们的杀人勾当。我想，一切都完了。永别了，“希斯帕诺拉号”；永别了，特里劳尼先生，利夫西大夫和船长！除了饿死或死于哗变水手之手，我别无出路了。

我一边想，一边跑，不知不觉已来到那座双峰小山脚下。在海岛这一边，常青橡树长得更为高大，形状更像林木。林中间或有几棵高大的松树夹杂其间，有的高约五十英尺，有的足有七十英尺高。这里的空气比下面的沼泽地旁更为清新。

就在这个地方，又有一种新的危险降临，吓得我止步不前，心一阵阵狂跳！

第十五章

岛中人

许多碎石子从小山这一侧陡峭而多石的山坡上滚下。我本能地朝石头滚动的方向望去,只见一个身影以极其敏捷的动作跳到一棵松树背后。那究竟是熊,还是猴子,或是人,我没有看清楚。反正是黑糊糊、毛茸茸的,此外我就什么也不知道了。但是这个怪物的出现却吓得我不敢再往前走一步。

现在我走投无路：背后是一伙杀人凶手,前面又隐藏着这个人不像人、鬼不像鬼的怪物。我立即决定：冒已知的危险总比冒未知的危险好。和这个林中怪物相比,西尔弗似乎更容易对付一些。因此,我转过身子向停小船的方向跑去,一边跑一边警惕地不时回望。

那怪物又出现了,他绕了一个大圈子,然后又追到我前面。我当时极度疲劳,但即使像早晨刚起床那样精力充沛,我也无法跟这样的对手比速度。那怪物像一头鹿似的在一棵棵树干间飞蹿。他也跟人一样用两条腿奔跑,但却和我见过的任何人都不同,他的腰弯得很低,几乎是贴着地面在跑。这的确是一个人,对此我已不再有怀疑。

我回忆起从前听说过的食人者的故事,马上想高呼救命。但他无论形状有多么奇特，毕竟还是人，想到这一点我开始镇定下来。不过我对西尔弗的恐惧又重新加剧了。我停了下来，思索着逃跑的对策。这时，我猛然想起随身带着手枪。一旦知道自己并非手无寸铁，我勇气倍增。于是我迈着轻快的步伐，勇敢地向着这个岛中人走去。

这时他正藏在一棵树干背后，一定在仔细地观察我，因为我刚向他藏的方向挪动，他就重新露面，并往前走了一步。然后他又有些犹豫，退了一步，又往前走了一步。最后使我大为惊讶的是，他突然跪倒在地，伸出他紧握的双手苦苦地哀求着。

我只好再次停下脚步。

“你是谁?”我问道。

“本·冈恩。”他回答道。声音像一把生了锈的锁，沙哑呆滞。“我是可怜的本·冈恩，三年来我没有和人说过一句话。”

现在我看出他和我一样是白人，相貌还十分讨人喜欢。他凡是暴露在外的皮肤都晒黑了，甚至嘴唇也是黑的。一双碧眼长在这张晒黑的脸上，显得十分突出。在我所见过或想象中的乞丐里，要数他最为衣衫褴褛。他身上穿的是从旧船帆和旧水手服撕下的破布条，而且这身与众不同的衣服是由一组种类不同的物件(如铜纽扣、细枝条和涂了柏油的束帆索)缝缀而成的。他腰间束着一根有黄铜搭扣的旧皮带，那是他全身服饰中唯一比较结实的东西。

“三年!”我惊呼道。“你是因为遭了海难才来到这里的吧?”

“不是，朋友，”他说，“我是被放逐到孤岛上的。”

我听说过“放逐孤岛”是海盗中使用相当普遍的一种惩罚措施。海盗把受罚者放逐到远离人间的荒岛上，只给他留下很少的弹药。

“我被放逐荒岛已有三年，”他接着说，“这些年我一直以山羊肉、野果子和牡蛎充饥。我认为，一个人无论到什么地方，总能养活自己。可是，朋友，我心里很想吃到文明人的食物。不知你随身是否带有干酪？有没有？没有？哎，我经常在夜里梦见干酪，多半是烤得香喷喷的干酪，等到醒来时，才发现是一场梦。”

“我如果能回到大船上，”我说，“可以带给你几十磅干酪。”

本·冈恩一直不断地抚摸我衣服的料子，抚摸我的手，盯着我的短靴看，并且在说话的间歇显示出一种遇见同伴后天真的喜悦。但在听了我的最后几句话后，他抬起头，显示出一种吃惊和狡猾的神态。

“你是说如果你能回到大船上，是吗？”他重复了一遍我说的话。“是不是有人不让你回去？”

“反正不是你。”我回答道。

“你是对的，”他连忙说，“请问你叫什么名字，朋友？”

“吉姆。”我告诉他说。

“吉姆，吉姆。”他显出一副很愉快的样子。“说真的，吉姆，我过的那种茹毛饮血的生活你听了也会为我感到脸红。比如，你看我这副可怜相，你不会想到我有一个虔信上帝的母亲吧？”

“是的，我不会那样想。”我回答道。

“这也难怪，”他说，“可是我的确有一个虔诚信仰上帝的母亲。我小时候也是一个懂礼貌、信奉上帝的孩子。我能够把教义一口气背完，你甚至不可能听懂我在说什么。可是今天我竟然落到这般下场，吉姆，这都是从我在该死的坟墓石头上扔钱币赌博[1]开始的。不过这只是开头，以后就越发不可收拾了。母亲曾预言我不会有好下场，我的命运果然被她这个信奉上帝的女人言中了。我是注定要遭此厄运的。自从来到这荒岛上以后，我把一切都想通了，现在又重新信奉上帝。你可不要让我喝太多的朗姆酒，可是喝一小杯以示庆祝，还是可以的。我不会放过这样的机会。当然，我已发誓要改邪归正，也知道怎样去改。吉姆，告诉你，"他向四周望了望，压低嗓门说，"我有钱了。"

我感到这个可怜的人很可能由于长期孤独生活而发疯了。我这种感觉很可能流露在了脸上，所以他急切地重复着他所说过的话——

"我有钱了！我有钱了！这是真的！我还想告诉你：我可以使你成为一个大人物。吉姆，你应该感到幸运，你会的，因为你是第一个发现我的人。"

这时，他脸上突然露出不安的神情。他紧紧地抓住我的手，竖起一根食指在我眼前扬了扬。

"吉姆，你对我说实话，那船是不是弗林特的？"他问道。

听了这话，我大喜过望，相信自己找到了一个帮手，于是我立刻回答道：

"那不是弗林特的船，弗林特已经死了。不过既然你要我说实话，我就实话告诉你：船上有几个弗林特的部下，他们对我们其余人是极大的威胁。"

"有没有一个……一个独腿的人？"他急忙问道。

---

① 指扔钱币猜正反面的一种赌博游戏。

“你是指西尔弗?”

“对,西尔弗,”他说,“就是他!”

“他是船上的厨师,也是哗变水手的首领。”

他本来还握着我的手腕,听了这话,突然把手腕用力一扳。

“如果你是被高个子约翰派来的,”他说,“那我就完了。我明白这点。不过,你明白你们的处境吗?”

我立刻打定主意,借回答问题之际,把我们航海的前后经过以及现在所处的困境统统告诉了他。他聚精会神地听完我的叙述后,用手摸了摸我的头。

“你是个好孩子,吉姆,”他说,“看来你们已陷入困境。不过,你要相信本·冈恩。我是信得过的,能帮助你们解脱困境。你说你们的船主是一个度量很大的人,如果我把他从困境中解救出来,他能不能显示出大度的胸襟?”

我对他说,特里劳尼先生是最大度的人。

“哦,不过你得知道,”本·冈恩继续说,“我并不是要他给我一份看门的差事并为我发一套制服,那不是我的本意。我想知道,如果我给了他财宝的话,他是否愿意从中分出……比方说一千英镑作为酬谢?”

“我敢肯定他一定愿意,”我说,“本来每人都可以分得一份,这是规矩。”

“并且还让我搭船回去?”他又添了一句,看得出他是一个十分精明的人。

“这绝对没问题!”我大声说,“特里劳尼先生是一个堂堂的正人君子。

再说，如果我们清除掉那些海盗水手，正需要你帮忙把船开回去。”

“看来你们是不会抛下我不管了。”他这才完全放心了。

“现在让我告诉你吧，”他继续说，“我将把我所知道的一切都告诉你，一点也不隐瞒。弗林特埋藏金银财宝时，我正好在他船上。和他一起去的还有六个身强力壮的水手。他们在岸上待了约一个星期，我们则留在‘海象号’上静候。一天，先有信号发出，然后弗林特独自划了一只小船回来，头上裹着一块蓝色头巾。当时太阳正升起来，我们在船头上看见他脸色惨白。小船上只有他一个人，其余六人都已死去，并且被埋葬了。至于他是怎样干掉他们的，我们不得而知。反正不是恶斗、暗杀，就是死于非命，他一个人收拾了六个人。当时比尔·博恩斯是大副，高个子约翰是舵手。他们追问金银财宝藏在哪里时，弗林特回答道：‘如果你们愿意，我可以让你们上岸留在那里。我还要驾船去搜寻更多财宝，真的是这样！’这就是他的回答。

“三年前，我随另一条船远航。我们看见了这座岛。‘兄弟们，’我喊道，‘这岛上藏有弗林特的金银财宝，我们上岸去找。’船长对此极不赞成，可是船员们都跟我一条心，我们还是靠岸了。我们一共找了十二天。随着时间的推移，船员们变得越来越不耐烦，对我的态度也越来越冷淡；直到某一天早晨，所有船员都回到船上去了。‘至于你，本杰明·冈恩，’他们说，‘我们给你一支滑膛枪、一把铲子和一把锄头。你就留在岛上继续寻找弗林特的金银财宝吧。’

“吉姆，我来这里已经三年了。从那时起到现在就没有吃过真正意义上的一口饭。你看我这模样，你看啊。你看我还像水手吗？你说不像。我自己也说不像。”

说到这里,他对我眨了眨眼睛,然后使劲拧了我一把。

“你把这些话告诉你们那位船主,”他继续说道,“你说冈恩不是普通的水手,就这样说。你告诉你们船主,三年来,无论是白天黑夜、刮风下雨,冈恩始终待在岛上。有时候他会细细地想一段祈祷文(你得让他知道);有时候他也会想到他的老娘,好像她还活在世上一样(这你也得要说)。但冈恩的大部分时间(你必须这样说),全都花在另一件事情上了。说完之后你就像我这样拧他一把。”

他又拧了我一把,以此表示对我的信任。

“然后,”他接着说,“然后你这样说:‘冈恩是一个好人(你一定要这样说),他对于真正的君子十分敬重(注意,我用的词是十分敬重),而对那些财迷心窍的人不屑一顾,因为他自己曾经就是这种人。”

“你刚才讲的话我一句也没有听懂,”我说,“不过这并不十分重要,因为我并不知道能否回到船上。”

“是的,”他说,“这的确有点麻烦。不过,我有一条小船,是我亲手做的。我把它藏在白色岩石下面了。万不得已时,我们可以在天黑以后去把那条船弄出来。嗨!”他突然喊道,“那是什么?”

一声炮响在岛上激起了回声,而此时离日落还有一两个小时。

“他们打起来了!”我叫道,“快跟我来。”

我迈步向锚地跑去,所有恐惧都抛在了脑后。那个身披山羊皮、被放逐孤岛的水手紧靠在我身边,他跑起步来是那样轻松。

“向左,向左,”他说,“向左边跑,吉姆。从树底下跑过去。这里是我打死第一只山羊的地方。现在它们不再到这里来了,都逃到山上去了,它们怕本杰明·冈恩。瞧,那里是‘共墓’。”我想他的意思一定是公墓二字。“你看到了那些坟墓吗？当我想到大约是礼拜天的日子,我就常到这里祷告。这里虽然不是教堂,不过看上去更为庄严。对了,你得告诉船主,本·冈恩是在一无所有的情况下坚持祷告的,他没有牧师,没有《圣经》和旗幡,一无所有。”

在我们拼命向前跑的时候,他就这样不停地唠叨着。他并不指望得到回答,我也顾不上回答他。

炮声过后,隔了很长一段时间,才传来排枪齐发的枪声。

接着又是一阵沉寂。不久以后,在我前面不到四分之一英里的地方,我看到一面英国国旗飘扬在树林上空。

第四部　木寨

第十六章

弃船的经过(由大夫叙述)

两条小船离开“希斯帕诺拉号”向岸上驶去时大约是一点半,按照航海术语是钟敲三下[①]。船长、特里劳尼和我在房舱商议对策。如果当时稍微有一点风,我们就会向留在船上的六个反叛水手发动突然袭击,然后起锚出海。可是当时不但没有风,亨特又进来报告说,吉姆·霍金斯也爬上小船,随其余的人一同上岸了。听到这消息后,我们沮丧的心情有增无减。

我们对吉姆·霍金斯从来没有产生过怀疑,却为他的安全担忧。他竟然和这帮坏家伙同行,我们能否再见到他似乎很难预料了。于是我们跑上甲板。沥青正顺着船板缝隙往外涌出,一股刺鼻的恶臭熏得我差点呕了出来。如果有人染上热病或痢疾,那一定是这该死的锚地的臭味造成的。留下来的这六个反叛分子正坐在前甲板的船舱里发牢骚。在靠近一条小河的入海口,有两条小船停在那里,上面各坐着一个人,其中一个人口里正哼着一支名叫《利利布雷洛》[②]的曲子。

---

① 从前航海计时,每半小时敲钟一次,至十二点半仍敲一下,后每半小时增敲一下,至多八下,每四个小时循环一次。

② 人们常以此曲讥讽英王詹姆斯二世。

我们实在等不及了，决定由亨特和我坐小舢板上岸去探听消息。

两条小船是靠右停的，亨特和我却径直向图上画着的木寨方向驶去。留下来看守小船的那两人看见我们前去，似乎有些不知所措。《利利布雷洛》的曲子戛然而止，两人开始商量他们应该怎么办。如果他们跑去报告了西尔弗，一切结果也许和现在就不同了。但我估计他们事先得到过指示，所以决定坐在原地，继续高唱《利利布雷洛》。

岸边有一处略微向前突出的弯角，我故意把舢板划到弯角一边，把我们和反叛水手的小船隔开了。这样，在我们上岸前，他们就已经看不见我们了。我在帽子下塞了一大块丝绸手巾以抵挡暑气，手里握着两支子弹上膛的手枪，然后跳出舢板，拼命向前跑。

我跑了不到一百码地就到了木寨。

木寨的情形大约如下：一股清泉从一个小山丘的顶上涌出。在这小山丘上，有人围着泉水用圆木搭了一间十分坚固的木屋。在危急关头，里面足以容下四十个人。木屋每一面墙上都挖有枪眼。四周是开阔的空地，筑有一道六英尺高的木栅，上面既没有门，也没有入口。这木栅修筑得十分牢固，要拆毁它可没那么容易，非得花不少时间和气力。另外，木栅极其稀疏，进攻者不可能借此来掩护。木屋里的人却能把敌人的动向看得一清二楚，他们从任何一个方向都可以像打鹧鸪一样向进攻者开枪。除非被人偷袭，这个木寨能顶住一个团的进攻。因此只要小心守护和有足够的粮食，长期坚守是完全可能的。

我对那股泉水特别感兴趣。尽管我们在“希斯帕诺拉号”上有相当舒适的船舱，充足的武器弹药，丰富的食品和美酒，却没有淡水。我正在想这个问题时，忽然一声撕裂人心的惨叫回荡在海岛上空。我并非第一次听到猝然横死的惨叫，我曾在昆布兰公爵①麾下服役、在方特努瓦战役②中负过伤，但我此时的心仍狂跳不已。我的第一反应就是："吉姆·霍金斯完了。"

作为一个经历过战火洗礼的老兵，尤其作为一个经常与死神打交道的医生，我知道时间就是生命。于是我当即拿定主意，迅速回到岸边，跳上舢板。

幸亏亨特是个好划手，我们把船划得飞快，不一会就停靠在大船旁边。我纵身跳了上去。

我发现他们个个都十分紧张。船主面无人色地坐在那里，后悔不应该让我们去冒险。他真是个好人！留在船上的六名反叛水手中，有一个人的脸色也与船主差不多。

"他是一位新来的水手。"斯莫利特船长向那水手点了点头。"他听到那声惨叫时，差点儿昏过去了。大夫，只要我们再做做工作，就能把他争取过来。"

我把我的计划告诉了船长，我俩随即商定了实施这个计划的详细步骤。

我们派老雷德拉斯带三四支装好弹药的滑膛枪守在房舱和前甲板之间的走廊上，还给了他一张厚厚的床垫作掩蔽。亨特的任务是把舢板划到船尾，乔伊斯和我负责把弹药箱、滑膛枪、饼干袋、猪肉桶、白兰地和我那宝贵的医疗箱统统装到舢板上去。

与此同时，船主和船长留守在甲板上。船长把副水手长唤了过去，因为

---

① 昆布兰公爵（1721—1765）是英王乔治二世的幼子。

② 1745 年 5 月 11 日英法军队交战于比利时的方特努瓦，英军大败。

他是留在船上的水手的首领。

“汉兹先生，”船长警告道，“我和特里劳尼先生各带了两支手枪。如果你们中有谁胆敢发出任何信号，他就必死无疑。”

他们十分惊慌。经过一阵短暂的商量，六个人一齐向前升降口跑去，无疑想从后面袭击我们。当他们看见雷德拉斯正在圆木走廊等候，立刻四处散开，在船舱里乱窜。有一个水手又伸出头向甲板上探望。

“狗东西，下去！”船长喝道。

那脑袋又缩了回去，在相当长一段时间里，我们再也没有听到这六个吓破了胆的水手的动静。

这时我们把各种东西尽量往舢板上装，直到不敢再装为止。然后我和乔伊斯从船尾的窗口爬出，登上舢板，挥动桨板，拼命向岸边划去。

我们这次再度登岸引起了岸上守望者的警惕。《利利布雷洛》再次中断。就在我们绕过弯角，即将从他们的视线中消失时，其中一个守望者突然向陆地上跑去，很快就不见了。我本想改变计划，先去把他们的小船弄沉，但我担心西尔弗等人也许就在附近，过分贪心有可能导致全盘皆输。

我们很快就在原先那个地点靠岸，把舢板上的东西搬入木寨里。第一趟我们是三个人一起去的，大家都背得很重，到了寨子前就把东西扔过木栅。乔伊斯被留下来看管这些东西，他虽然是一个人，却带着六支滑膛枪。亨特和我回到舢板又背了一次。我们就这样连气也没有喘一口，来来去去，直至把货物全部转移到木屋里。然后，我留下亨特和乔伊斯在木屋里看守，独自一人划着舢板回到“希斯帕诺拉号”。

我们打算再装一舢板货物上岸。此举似乎风险很大，其实是有把握的。

他们虽然在人数上占优势，但我们在武器上占上风。岸上的敌人没有一支滑膛枪，在他们尚未进入手枪射程之前，我们可以毫不夸口地说至少能歼灭他们六七个。

船主正在船尾小窗口前等我，他先前那种低落的情绪已一扫而光。他接过我扔给他的绳索，把舢板系牢，然后我们开始往舢板上装货。这一次装的是猪肉、弹药、饼干。除此之外，还为船主、雷德拉斯、船长和我每人带了一支滑膛枪和一把弯刀。其余武器弹药被我们统统抛入两英寻半深的海水里。阳光照射下，我们能够看见这些亮铮铮的钢制武器在清澈多沙的海底闪闪发光。

这时正值退潮，大船的船身围绕铁锚晃荡起来。从两条小船停靠的方向隐约听见有人相互呼喊的声音。虽然我们不必为远在东面的亨特和乔伊斯担心，但这声音却在告诫我们必须迅速驶向岸边。

雷德拉斯从长廊退出，跳入舢板。我们划到船尾的突出部去接应斯莫利特船长。

“喂，伙计们，你们听见我的喊话了吗？”船长正在向前甲板上的水手喊话。

水手舱里没有人回答。

“亚伯拉罕·葛雷，我是在对你喊话。”

仍然没有回答。

“葛雷，”斯莫利特船长提高嗓音说，“我马上要离开这条船了，我命令你跟着你的船长走。我知道你这个人本质是好的，我敢说，你们中有些人也并不像表面看上去那么坏。现在我把表放在手上，限你在三十秒内到我这里来。”

接下来又是一阵沉默。

“来吧,我的好伙计,”船长继续说,“不要再迟疑了。我等候你的每一秒钟,对于我自己和这里其他几位先生都是在冒生命危险啊!”

这时突然爆发了一场格斗,水手舱里传来一阵拳打脚踢的声音。亚伯拉罕·葛雷面颊上带着一条刀痕,像一条狗听到主人的哨声似的冲出水手舱,飞也似的跑到船长跟前。

“我要跟你走,船长。”他急切表白道。

接着他和船长跳上舢板,我们马上驶离大船,向岸边飞速划去。

我们总算离开了大船,但还没有上岸进入我们的木寨。

第十七章

舢板的最后一趟行程(由大夫继续叙述)

这是我第五次乘舢板往返于大船与岸边。这次行程与先前几次完全不同。首先,我们乘坐的药罐般大小的小舢板已经严重超载,光是五个成年人的体重就已超过了小舢板所能承受的载重量(我们五人中,特里劳尼、雷德拉斯和船长的身高都在六英尺以上)。除此之外,还装有弹药、猪肉和几袋面包干,船尾的舷边几乎和水面持平。有好几次海水都漫进了船舱。我们还没有划出一百码远,我的裤子和外套的下摆都被浸湿了。

船长要我们把舢板上的货物调整一下,这才使这舢板略为平稳,然而,我们仍然连大气也不敢喘一口。

其次,此时正值退潮,一股泛着细浪的激流穿过港湾向西流去,然后又沿着我们上午到过的海峡边往南流向大海。对于我们这条负荷超载的小舢板来说,即使是微弱的波浪也会对它造成威胁。更糟的是,激流使我们偏离了预定的航线,离弯角后面那个合适的登陆点越来越远。如果不采取措施,就很可能在靠近敌人的那两条小船旁边靠岸,那帮海盗随时可能在那里出现。

“我没有办法使船头转向木寨呀!”我对船长说。我在把舵,船长和雷德拉斯在划桨,因为他俩仍体力充沛。“潮水正一个劲把船往外推,你们能不能再用点劲?”

“再用力就会翻船了,”船长说,“你必须挺住,大夫,直到水流减弱为止。”

我又试了一次,并由此得知,潮水正在把我们冲向西边,因此必须把船头转向正东,与我们要去的方向恰成直角。

“照这个样子我们永远不可能上岸了。”我说。

“如果这是我们可选择的唯一航路,只好走这条路。”船长说。“我们必须逆流而上,”他继续说,“如果我们被冲过了预定的登陆地,就很可能在海盗控制的那段区域上岸。相反,如果保持现在的方向,潮水总会逐渐减弱的。到那时,我们就可以沿着海岸划回来了。”

“潮水已经减弱一些,大夫,”坐在船头的葛雷说,“你把舵时可以省一点力了。”

“谢谢你的提醒。”我说这话时,好像什么事也没有发生过似的,因为我们都已把他当成自己人看待了。

忽然,船长又开口了。这一次他的声音好像有点异样。

“大炮!”他叫道。

“我已经想到过那东西。”我说。我以为他指的是敌人可能炮轰木寨。“他们不可能把大炮运到岸上,即使弄上岸,也不可能拖着大炮穿过树林。”

“你往后看,大夫。”船长说。我们完全忘记了大船上的大炮。只见留在船上的那五个坏蛋正忙着给大炮脱去“夹克衫”——那是水手们给航行时套在炮上涂有柏油的防水布所取的别名。这时我才猛然想起打炮用的圆铁弹和火药都遗忘在了船上。敌人只需用斧头砸开弹药箱,就能拿到这些炮弹。

“伊斯雷尔曾经是弗林特的炮手。”葛雷说这话时嗓子都哑了。

我们不顾一切地把船头对准登陆地行驶。这时我们已远离海潮冲击,只需轻轻划桨就能使船保持航向,所以我能让船头稳定地对准目的地。但这样做的后果是,经过一番摆弄,我们把船舷而不是船尾面向“希斯帕诺拉号”,这样等于给他们提供了一个一打即中的活靶子。

我能够看见,也能听到那个红脸醉鬼伊斯雷尔·汉兹失手把一颗圆铁弹重重地摔在了甲板上。

“谁打枪打得最准?”船长问。

“当然是特里劳尼先生。”我说。

“特里劳尼先生,你能否把在大船上的那些歹徒干掉一个?最好是汉兹。”船长说。

特里劳尼十分冷静。他看了看手中枪里的火药。

“不过,”船长提醒道,“射击时动作不要太大,否则会把舢板弄翻。其他人在他瞄准时都要尽量保持船身平衡。”

船主举枪时,我们都暂停划桨并侧向另一边,以使船保持平衡。一切都安排得很好,舢板里没有进一滴水。

此时,大船上的反叛水手已经把大炮从旋转轴上转过来对准我们,汉兹手持装填火药的铁条站在炮口旁边,因而目标最大。可惜我们不走运,特里劳尼开枪时,汉兹弯下了身子。子弹从他的头上呼啸而过,打倒的却是另外四个人中的一人。

随着倒下那人发出的一声惨叫，大船上其余水手也跟着大声叫嚷，这还引来了岸上许多人的喊叫。我扭头望去，只见许多海盗正从树林中跑出，准备登上小船来袭击我们。

“他们要向我们这里划过来了。”我喊道。

“赶快划，”船长说，“我们现在顾不得会不会翻船了。如果上不了岸，一切都完了。”

“只有一条船上有人，”我补充报告道，“其他人一定上岸去了，准备从岸上拦截我们。”

“那就够他们跑的了。”船长说，“水手上岸不会有多大的能耐，我对他们并不十分在意。我担心的是那圆铁弹。他们要打我们太容易了！即使让我家女用人来打也会十拿九稳。特里劳尼先生，你看到他们点火，就马上告诉我们，要立刻收桨停船。”

与此同时，我们这条负载过重的小舢板一直在以高速前进，几乎没有进水。我们现在离岸很近了，再划上三四十桨就可以到岸。潮水已经在树林下冲开了一条狭长的沙滩。我们不用再担心敌人的小船，那弯角已把我们同它隔开。刚才那么无情地阻碍我们前进的潮水，现在将功补过，正阻碍敌人赶上我们。目前唯一的危险就是大船上的大炮。

“如果可能的话，”船长说，“我真想停住船，再干掉他们中的一个。”

显然，他们根本没有延迟开炮的打算。他们看都不看倒地的同伴，虽然他还没有咽气，而且我看到他正试图爬到旁边去。

“敌人点火了！”特里劳尼喊道。

“收桨！”船长立刻命令道。

船长和雷德拉斯用力向后一仰，使船尾完全浸入水中。就在这一瞬间，炮弹呼啸而来。这就是吉姆听到的第一声炮响，他并未听到特里劳尼先前用滑膛枪打的那一枪。我们谁也不清楚炮弹到底落到哪里去了。不过我想它一定是从我们头顶上飞过去的，而且飞过时产生的风力很可能就是造成我们翻船落水的直接原因。

此时，舢板船尾已缓缓沉入约三英尺深的水中，船长和我面面相觑，站在水里；其余三人则头朝下掉进水里，他们露出水面时早已全身湿透了。

幸好没有造成太大的损失。五个人都安然无恙，完全可以涉水上岸。不过我们所装的货物全都沉在了水底。尤其可惜的是，五支枪只有两支还可以用。落水时，我出于本能，把枪从膝上抓起举在头上。至于船长，他的枪是用一条子弹带束在肩上的，并且他很聪明地让机枪朝上。其余三支枪都随着舢板沉入了水中。

更令人担忧的是，我们听见岸边树林中的喊杀声越来越近。处在这进退维谷的局面中，不但有可能被切断到木寨的路，而且我们还担心，如果亨特和乔伊斯遭到五六个海盗的袭击，他们是否有毅力和勇气顶住。亨特十分刚强，这是我们素知的，但乔伊斯就难说了。作为仆人，他是讨人喜欢的，也很有礼貌，适合给主人刷衣服，但当一名战士却并不合适。

带着这些担忧和疑问，我们赶紧涉水上岸。对那条可怜的舢板和沉在水里的大部分火药和粮食只能弃之不管了。

第十八章

第一天战斗的结果(由大夫继续叙述)

我们以最快的速度穿过那片横在我们与木寨之间的树林。每跑一步,海盗的喧嚷声就逼近一步。不久,就已听得见他们奔跑的脚步声,以及树林中的树枝遭到横冲直撞时发出的断裂声。

我意识到一场真枪实弹的战斗已迫在眉睫,看了看手中的枪。

“船长,”我说,“特里劳尼是位神枪手。你把你的枪给他,他那把已给水泡过了。”

他们交换了枪支。从行动开始一直保持沉默和冷静的特里劳尼停住脚步,开始检查滑膛枪是否一切完好。这时,我看见葛雷手中没有武器,便把我的弯刀递给他。我们看到他往手心啐了一口唾沫,皱着眉头,拔出弯刀在空中呼呼舞动,大家不由十分高兴。从他身上各处发达的肌肉就可看出,他会成为我们得力的伙伴。

又向前跑了四十余步,我们来到树林边缘,看见木寨就在前面了。我们走进木寨南面正中的栅栏,几乎就在同时,以水手长约伯·安德森为首的七个反叛者突然大声叫喊着出现在西南角。

他们见了我们,突然停了下来,好像很吃惊。趁他们惊魂未定之时,特里劳尼和我，还有在木屋里的亨特和乔伊斯都扣动了扳机。四声枪响虽然听起来有些凌乱，效果却不错。他们中有一个人应声倒地，其他人立刻转身逃入树林中。

我们重新装好子弹后，跑到木栅外去看那个倒地的敌人。他已经断气了，子弹穿过了他的心脏。

我们正在欢庆胜利时，突然树林中发出一声枪响，一颗子弹擦着我耳边飞过，可怜的汤姆·雷德拉斯打了个踉跄，扑通一声倒在地上。特里劳尼和我立刻进行了还击，但由于目标并未出现，很可能浪费了弹药。我们重新装上弹药后，回头照看汤姆。

船长和葛雷已经在察看他的伤势。我一眼望去就知道他没有救了。

我相信是我们的迅速回击再次打退了敌人，因此当我们把血流不止、痛苦呻吟着的猎场老总管举过栅栏，抬进木屋时，并未再次受到骚扰。

从我们最初遇到麻烦直至现在把他抬进木屋，雷德拉斯始终没有说过一句表示惊讶、抱怨、恐慌或默认的话。他曾像一名特洛伊士兵一样坚守在“希斯帕诺拉号”的走廊上，仅用一张床垫作掩蔽；他总是默不作声、不折不扣地执行每一项命令。他是我们中最年长的人，比我们大二十多岁。不幸的是，这位不苟言笑、忠心耿耿的老仆却要离我们而去了。

特里劳尼跪在他身旁，吻着他的手，像一个小孩子似的痛哭着。

“我活不长了吧，大夫？”雷德拉斯问道。

“汤姆，我的老伙计，”我说，“你要回家去了。”

“我真希望能先开枪把他们打倒。”

“汤姆，”特里劳尼问，“你能对我说你原谅我吗？”

“先生，由我说这样的话，符合礼仪吗？”汤姆答道，“那么照你的意思办好了，阿门！”

沉默片刻后，他说他希望有人为他念祷告词。

“这是习俗啊，先生。”他带着歉意说。不久，他就死去了，再也没有留下别的话。

这时，船长从衣袋里摸出许多东西。我早就注意到他的胸前和衣袋胀鼓鼓的，不知里面装了些什么。原来是一面英国国旗、一本《圣经》、一卷结实的绳子、一支钢笔、一瓶墨水、一本航海日记和几磅烟草。他随后在栅栏地上找到一棵砍倒后修去枝条的杉树作为旗杆。在亨特的帮助下，他把这杆子竖立在木屋两堵墙壁相交的墙角边。然后，他爬上屋顶，亲自把国旗悬挂在旗杆上。

干完这活儿，他心里非常满意，一回到木屋就开始清点东西，好像什么事情也没有发生似的。然而，他毕竟目睹了汤姆的逝世。清点完毕后，他马上走过来，用另一面旗非常恭敬地盖在尸体上。

“不要太难过，先生，”他握着特里劳尼的手说，“也不必为他的灵魂担心，他是在履行主人和船长交给他的任务时以身殉职的。我这样说也许不太合乎教义，但却是事实。”

然后，他把我拉到一旁。

“利夫西大夫，”他说，“你和特里劳尼先生提到的那艘接应船要过几个星期才能来？”

我告诉他，不是过几个星期，而是过几个月才能来。如果我们八月底还不回去，勃兰德里就会来找我们，但他不会提前，也不会拖后。

“你自己也算得出来还有多少日子。”我说。

“是啊，”船长搔了搔头皮说，“即使把天赐的所有东西都考虑在内，我们的处境仍然十分困难。”

“你指的是什么？”我问道。

“我指的是我们丢掉了整整一舢板的补给品，这太可惜了。”船长答道。“弹药还够用，不过食品短缺，非常短缺。我们甚至可以说，少了一个人也许不是坏事，利夫西大夫。”

他用手指了指用国旗覆盖着的尸体。

正在这时，一颗圆铁弹呼啸着高高飞过木屋上空，坠落在远处的树林中。

“哦嗬！”船长叫道，“你们打炮吧！反正你们没有多少炮弹了。”

第二发炮弹瞄得较准。炮弹落在木寨里，扬起一大片沙土，但并没有造成人员损伤。

“船长，”特里劳尼说，“从船上是看不见这木屋的。一定是那面国旗成了他们的目标。我们是不是把旗子降下来？”

“这不行！”船长大声说，“我决不这样做，先生。”这一席话赢得了大家的赞同，因为这不但体现出一种勇敢顽强的精神，也是一种很好的策略，可以借此向敌人表示：我们不惧怕他们的炮击。

当晚他们一直在不停地打炮。炮弹一颗接着一颗飞来，不是打得太近就是打得太远，偶尔也在木栅里激起一些沙尘。由于他们必须瞄得很高，炮弹落地时就往往成了哑弹，自行埋入松软的沙地。我们对着地后跳飞的炮弹也不感到害怕，虽然有一颗圆铁弹从木屋顶上飞了进来，又从木屋门口钻了出去。我们不久就对这种恶作剧习以为常,只不过把它当作板球游戏。

“这件事有好的一面,”船长说,“看来我们前面的树林里已经没有敌人。海潮早已退了,我们那些落在水里的食品应该露出水面了。有谁愿意去把猪肉罐头取回来?”

葛雷和亨特最先站了出来。他们全副武装,偷偷地溜出了木寨,结果却无功而返。反叛者是出乎预料地大胆,他们对伊斯雷尔的打炮本领看来十分信任。有四五个反叛水手正忙于搬运我们的补给品,涉水把它们运到停在近旁的一条小船上。小船上有人在不停地划桨,以使船在水流的冲击下能安稳地停在原水域。西尔弗坐在船尾上指挥一切。他们现在每人都有一支滑膛枪,这大约是从他们的秘密军火库里取出来的。

船长坐下来写航海日记,下面是当天日记的开头一段:

> 船长亚历山大·斯莫利特、随船医生大卫·利夫西、水手亚伯拉罕·葛雷、船主约翰·特里劳尼、船主的仆人约翰·亨特和理查·乔伊斯(非海员)——以上是船上忠于职守的人的全部。大家带着只能勉强维持十天的口粮,于今日上岸,在金银岛的木屋屋顶升起了英国国旗。船主的仆人(非海员)托马斯·雷德拉斯[1]不幸阵亡,练习生詹姆斯·霍金斯[2]——

与此同时,我正在为可怜的吉姆·霍金斯的命运而担忧。

---

① 托马斯即汤姆,后者是前者的昵称。

② 詹姆斯即吉姆,后者是前者的昵称。

从陆地方向传来一声呼唤。

“有人在叫我们。”正在放哨的亨特通报道。

“大夫！特里劳尼先生！船长！喂，你是亨特吗？”呼唤声接踵而来。

我跑到门口一看，只见吉姆·霍金斯正从栅栏外爬进来，看上去安然无恙。

第十九章

守卫木寨的人们(以下转由吉姆·霍金斯叙述)

本·冈恩一见国旗就停下来,拉住我的臂膀,叫我和他一起坐下。

"瞧,那边一定有你的朋友。"他说。

"恐怕更像是那些哗变水手呢。"我回答道。

"不可能!"他立刻反驳道,"像这样的地方,除了冒险君子以外,是不可能有人来的。那里的人一定是你的朋友。要是西尔弗,他一定会升起海盗旗来,这是毫无疑问的。刚才这里曾进行了一场战斗,我猜想你的朋友们占了上风。他们都已上岸,就待在许多年前由弗林特亲手所建造的木寨里。说到弗林特,他真是一个智勇双全的人!除了朗姆酒,他从不曾遇到过敌手。他是一个天不怕地不怕的人;不过西尔弗却是那样斯文和气。"

"你说的也许是对的,"我说,"既然如此,我就更应该赶紧去和朋友们一同战斗。"

"不要着急,朋友,"本说道,"如果我没有看错的话,你是一个乖孩子。但你毕竟是一个孩子。现在的本·冈恩可不傻。朗姆酒是不可能把我骗到你去的地方的,除非我见到你们那位船主并得到了他的保证。你不要忘记我的话:'我对真正的君子十分敬重(记住,你得说十分敬重)。'还有,你在对他转告此话时，别忘了拧他一把。”

于是，他带着慧黠的表情拧了我一把，这已是他第三次拧我了。

“你们如果要见本·冈恩，知道到哪里找他吗？就在你今天见到他的地方，吉姆。来找他的人手里得拿一件白色的东西，并且得一个人来。你得说：‘本·冈恩这样要求，自有他的道理。’”

“好，”我说，“我明白你的意思了。你想向我们提供线索，你希望能见到船主或大夫，要找你就到我今天遇见你的地方去找。还有别的话吗？”

“我们还没有约好见面的时间呢。”他说，“从正午到钟敲六下①，怎么样？”

“好吧，我现在可以走了吗？”

“你不会忘记吧？”他很不放心地问。“你得说：‘十分敬重’‘自有道理’，最重要的是‘自有道理’，这可是男子汉之间所说的话。好吧，”他仍拉住我的手，“你可以走了，吉姆。如果你遇见西尔弗，你不会出卖本·冈恩吧？即使让野马拖着你跑，你也不能出卖我。你说呀：‘决不。’如果那帮海盗要在岸上宿营，我会叫他们的妻子第二天早晨就变成寡妇。”

他的话突然被一声巨响打断，一颗炮弹从树林穿过，坠落在沙地上，离我们谈话的地方不到一百码。我们俩朝着不同的方向迅速跑开了。

在此后一个小时内，隆隆的炮声不停地震撼着全岛，炮弹一颗接一颗从树林上空飞过。我一边前进，一边寻找藏身之地，生怕被这些可怕的炮弹击中。不过，到炮击就要结束时，我虽然还不敢向炮弹坠落最多的木寨方向走

① 即从中午十二点到下午三点。

去，但是已经逐渐鼓起勇气。在往东绕了一个大圈后，我悄悄潜入岸边的树林中。

太阳刚刚西沉，一阵微风从海上吹来，树林里的树叶随之飒飒作响，锚地灰色的水面也泛起了阵阵涟漪。潮水早已退去，露出了大片大片沙滩。经过白天的酷热后，空气已经变冷，即使穿上上衣也会感到凉意。

“希斯帕诺拉号”仍然停泊在它的抛锚地，但桅顶上已经挂上了黑色的海盗旗。就在我观望时，船上又有红光一闪，发出一声炮响。只见又一颗圆铁弹从空中掠过，激起阵阵呼啸声。这是今天炮击的最后一幕。

炮击结束后，我趴在地上窥测敌人的动向。他们看上去十分忙碌。在离木寨不远的海岸上，有人正在用斧头拆什么东西，后来我发现他们是在拆那条可怜的小舢板。远处河流的入海处，有人正在树林里燃烧篝火，一条小船正在弯角和大船间穿梭而行。船上的那些人曾经个个脸色阴沉，这时却一边划桨，一边大声喧哗，高兴得像孩子似的。从叫嚷声里可以得知，他们一定喝了不少朗姆酒。

我认为我可以朝寨子的方向往回走了。我现在所处的位置是凸出于海中的一个沙尖嘴，它从东面围住了锚地，退潮时可以与骷髅岛相连。当我站起来时，发现离沙尖嘴不远处有一堵孤立的岩壁耸立在低矮的灌木丛中，岩壁相当高，颜色雪白。我猛然想起，这也许就是本·冈恩所说的白色岩石。看来将来有一天需要一条小船时，我知道该上哪儿去找了。

于是我穿过树林，一直走到木寨后方，即背靠海岸的一面，很快受到朋友们的热烈欢迎。

我把自己的故事讲了一遍，便环顾四周。这木屋的屋顶、墙壁和地板全是由未经锯成方形的松木建成的。地板有好几处高出沙地表面约一英尺或一英尺半。门口有一道门廊。在这门廊底下,有一股细小的泉水涌入一个形状奇特的人工蓄水池——原来这是一只大船上的铁水壶,壶底已经被砸破,被埋到了船长所说的"吃水线以下"的沙地里。

这屋子里除了屋架几乎空空如也;只在一处角落有一块石板被用作炉灶的基底,还有一只生锈的旧铁筐,柴就放在里面烧。

小山坡上和栅栏里面所有树木都已砍伐一空,用于建造这座木屋。我们从残留的木桩就可以看出,这片被毁的树林曾经是多么高大茂密。自从树木被伐后,绝大部分泥土都被雨水冲走或被流沙覆盖,只有从那铁水壶涌出的细水流所经过的地方还生长着一层厚厚的苔藓、几簇羊齿植物和一小丛贴地蔓生的灌木。它们是沙地里唯一的绿色植物,栅栏四周仍然被茂密的树林包围。据说树木长得太高太近,不利于防守。靠陆地一方全是杉树,但在靠海滩的一面,却杂生着许多常青橡树。

我曾经提起过的那寒冷的晚风,透过这简陋木屋的每一个缝隙钻了进来。另外,不断有细沙像雨点般飞洒在地板上。我们的眼睛里、牙齿里吹进了沙子,晚饭里也有沙子,甚至在铁水壶底下的泉水里也有沙子在跳舞,看上去好像是即将煮滚的米粥一般。

木屋屋顶有一个小方洞作为烟囱,只有一小部分烟能从洞口排出,其余大部都弥漫在屋里,呛得大家不断地咳嗽、流眼泪。

不仅如此,我们的新帮手葛雷在与反叛分子搏斗时,脸上受了刀伤,至今仍缠着绷带。至于那可怜的猎场老总管汤姆·雷德拉斯还未安葬,仍盖着英国国旗沿墙边僵硬地躺着。

如果任凭这样无所事事,大家一定会变得士气低落。斯莫利特船长是决不会允许这种情况出现的。他把所有人召唤到面前,把我们分成两班轮流值班。大夫、葛雷和我组成甲班,特里劳尼、亨特和乔伊斯组成乙班。虽然大家都很疲劳,还是有两人被派去砍柴,另外两人去挖一个墓坑用于安葬雷德拉斯。大夫被指派为厨师,我被派往门口放哨。船长本人则四处走动,给大家鼓劲,必要时还会施以援手。

大夫不时走到门口呼吸新鲜空气,屋里的烟雾熏得他连眼睛也睁不开了。他每次出来时总要和我讲几句话。

“斯莫利特这个人比我能干,”大夫对我说,“我说这话是有根据的,吉姆。”

有一次大夫走出木屋,沉默了片刻,然后把头偏向一边,眼睛盯着我看。

“那个本·冈恩到底怎么样?”他问道。

“我不知道,先生,”我说,“我不能断定他是否神经正常。”

“在这件事上我对他不放心,”大夫说,“他一个人在荒岛上苦熬了三年,吉姆,我们能要求他像我们一样控制住自己的情绪吗?这显然不近人情。你说他想吃干酪,是不是?”

“是的,大夫,他想吃干酪。”我回答道。

“喂,吉姆,”大夫说,“这下你知道讲究口味的好处了。你看见我有一只鼻烟盒,但我从不吸鼻烟,是不是?这是因为我在鼻烟盒里放了一块巴马干酪——那是一种意大利产的、营养丰富的干酪。我们就把它送给本·冈恩吧!”

晚饭前,我们把老汤姆安葬在沙地里,大家都脱去帽子,围着坟墓在寒风中站立了片刻。木柴已堆积很多,船长还嫌不够。他看了看,然后摇了摇头,对大家说:“我们明天还得加把劲。”我们吃了一点儿猪肉当晚餐,每人还喝了一杯掺水的烈性白兰地。在这之后,三位负责人便聚集在一个角落商议未来的行动方案。

看来海盗们已经是黔驴技穷,然而我们所贮存的食品的确太少,恐怕等不到接应船到来,我们就会由于饥饿而被迫投降。但有一点是肯定的,我们最有希望得救的方法是把这些海盗逐一歼灭,直到他们降下骷髅旗投降或乘“希斯帕诺拉号”逃跑为止。他们已从十九人减少至十五人,其中还有两人受了伤。而在炮台旁边被船主击中的那人即使没有死也受了重伤。我们每一次同他们交火,都必须保存有生力量,小心谨慎。除此之外,我们还有两个得力的助手:朗姆酒和气候。

先说朗姆酒。尽管离他们有半英里远,仍能听到他们酗酒后深夜还在喧闹、唱歌。至于气候,大夫说他愿意以他的脑袋打赌,如果这些海盗继续在沼泽地宿营,又缺乏药品,不出一周,他们中至少有一半人要病倒。

“因此,”他继续说,“只要我们能保持有生力量并坚持下去,他们最终会驾船逃走。有了那条船,他们还可以随时再去当海盗。”

“那将是我有生以来丢失的第一艘船啊!”斯莫利特船长说。

你们不难想象,我太疲倦了。所以我上床后并没有像平时那样辗转翻身,便已睡得像木头人一般。

第二天,其他人早已起身,吃了早饭,又采集了比昨天多一半的柴火,此时的我才被一阵嘈杂声惊醒。

“有人挂白旗!”我听有人喊道,接下来是一声惊讶的叫喊,“西尔弗亲自来了!”

听到这消息,我立即跳起身来,揉了揉眼睛,扑到木屋墙上的枪孔前往外眺望。

第二十章

西尔弗来谈判

果真，木寨外面来了两个人：一个手里挥动着一块白布；另一个则不动声色地站在一旁，此人正是西尔弗。

这时的天还没有大亮。这是我出海以来最冷的一个早晨，寒气直透入我的骨髓。蔚蓝色的天空万里无云，树林里的树梢在朝阳映射下泛着红光。但西尔弗和他的随从所站的地方仍笼罩在树荫下，一团白色的晨雾淹没了他们的膝盖，这种雾气是夜间从泥沼地里散发出的。寒冷的雾气正是这荒岛不适合人居住的主要原因。待在这个潮湿的地方显然对身体有害，容易染上黄热病。

"大家不要轻举妄动，"船长吩咐道，"这很可能是一个骗局。"

然后他向海盗大声喊道：

"你们是什么人？赶快站住，不然我们要开枪了。"

"我们打着白旗呢。"西尔弗回答道。

船长站在门廊里，他非常小心，即使敌人打冷枪也打不到他。他转身对我们说：

"大夫的一班负责守住枪眼。利夫西大夫守在北面；吉姆守东面；葛雷守西面。其余的人都去装填弹药。大家要打起精神,小心防范。”

然后他再次转身面对反叛分子。

“你们打着白旗想要干什么?”他大声吆喝道。

这次是由另外一个人回答:

“先生,西尔弗船长是来和你们谈判的。”

“谁是西尔弗船长?我不认识他。”船长说。接着,我们听他自言自语道:“船长?他怎么升得这么快?”

高个子约翰自己开口道:

“是我,先生。自从你们弃船出走以后,那些可怜的孩子就推选我当船长。”他在说“弃船出走”时特别加重了语气。“先生,如果我们之间能够达成妥协,我们愿意服从指挥,不再制造事端。斯莫利特船长,我只要求你保证我安全离开木寨,在我走出射程之外前不要开枪。”

“西尔弗,”斯莫利特船长说,“你听着,我并不想和你谈判。要是你有话要说,你可以进来,不必啰唆。至于暗算,只有你们一方才干得出来。愿上帝保佑你吧。”

“这就够了,船长,”高个子约翰高兴地喊道,“有你这一句话,我就放心了。我知道你是正人君子,我相信你。”

我们看见那挥舞白旗的人想把西尔弗拖回去。这并不奇怪,因为船长的回答很不客气。但西尔弗冲着他放声大笑,然后在他背上拍了几下,似乎是说他的顾虑是多余的。接下来,西尔弗走到栅栏跟前,先把拐杖扔进栅栏,然后迈开一条腿,用了许多力气和方法才翻过栅栏,平安落地。

我得承认,我太关注眼前发生的事情了,因此疏忽了自己应该履行的职责。此时的我早已离开东边的枪眼，蹑脚来到船长背后。这时他正坐在门坎上，胳膊肘撑在膝上，两手支着头，一边看着从埋入沙地里的旧铁水壶噗噗外涌的泉水，一边轻轻地哼着《来吧，姑娘和小伙子》。

西尔弗费了很大的劲才爬上小丘。也许是由于坡面过于陡峭、木桩过于粗大以及沙地太松软，他和他的拐杖就像一条熄了火的船一样无处着力。但他还是硬着头皮默默地熬过了这一关，终于来到船长面前，以非常标准的姿势向他敬了一个礼。他显然刻意打扮了一番：一件硕大的蓝色外套盖住双膝，上面钉着许多黄铜纽扣；一顶镶有花边的精美帽子扣在后脑勺上。

"你终于来了，"船长抬起头说，"那就坐下吧。"

"你不想让我进屋里谈吗，船长？"高个子约翰抱怨道，"这么冷的早晨坐在外面沙地上实在太冷了。"

"西尔弗，"船长说，"如果你愿意改邪归正的话，本应该坐在船上的厨房里。一切都是你自己造成的。你要么做我的厨师，我保证不会亏待你；要么当你的西尔弗船长，其实不过是一个叛徒和海盗，将来肯定会被绞死。"

"好了，好了，我就坐在沙地上，斯莫利特船长，"西尔弗只好同意了，"不过，到时你还得把我扶起来。你们住的地方真好。啊，吉姆也在里面！你好！吉姆！大夫，我向你致敬！你们聚在一起，真像一个快乐的大家庭。"

"你有什么话要说，赶快说吧。"船长催促道。

"好哇，斯莫利特船长，"西尔弗说，"咱们说正经事。你们昨晚的确干得不错，我不想加以否认。你们中有几个人棍棒功夫也不错，我也不否认。我们中有些人——也许是全部——被你们打了个措手不及，包括我在内；这就是为什么我要来找你们谈判。不过，你记好，船长，这样的事情不会有第二次了！我们以后会加强岗哨，让大家节制饮酒。也许你们认为我们都是醉鬼，但我可以告诉你，我并没有喝醉。我只不过太疲劳了。如果我早一点醒来，你们肯定跑不掉。那个被你们打伤的人，我去看他时，他还没有死呢。”

“是吗？”斯莫利特船长显得十分冷静。

他并没有听懂西尔弗的话，但你从他的语调中决不会察觉到这一点。我倒开始有所明白。本·冈恩分手前与我说的最后几句话又浮现在我脑海中。我猜想，他曾趁海盗们喝得烂醉倒在篝火旁时，光顾过他们的宿营地。我还高兴地计算出，我们要对付的敌人已经减少到十四个了。

“好吧，我们摊牌吧，”西尔弗说，“我们要得到藏在岛上的金银财宝，这是我们的既定目标。你们的目标大约是想保全生命。你们是不是有一张岛上的地图？”

“也许有吧。”船长说。

“你们肯定有，我知道，”高个子约翰说，“你不要这样态度生硬，这对你们没有好处。你应该相信我。我只是要那张地图，决不想伤害你们。”

“我是不会答应你的，”船长打断了他的话，“我们知道你心中的如意算盘，对此不屑一顾，因为你办不到，这你很清楚。”

然后船长平静地望了他一眼，往烟斗里装了一斗烟。

“如果亚伯拉罕·葛雷——”西尔弗突然叫道。

“住嘴！”斯莫利特船长喝住了他，“葛雷什么也没告诉我，我也没问他什么。老实说，我巴不得看见你们和这座岛屿一起从水中掉进地狱的烈火中，这就是我对你们的祝福。”

船长这次小小的发怒使西尔弗有所收敛。他本来还想狡辩几句,现在却平静下来了。

“既然如此,”西尔弗说,“你们可以根据你们的理解判断是非,我不准备加以限制。看来你想抽一斗烟,对不起,我也要仿效你了,船长。”

于是他装了一斗烟并把它点着。两人坐在原地,默默地抽着烟。时而互相注视对方,时而往烟斗里装烟丝,时而俯身吐去口中的烟末子。他们的一举一动像是在演戏一样。

西尔弗重新发话道:“我的要求很简单。你们把寻宝图给我们,不要再去射杀那些可怜的水手或趁他们熟睡时用石头砸破他们的头。你们如果答应的话,我们提出两个办法供你们选择。第一个办法是,等把金银财宝装上了船,你们跟我们一起坐船走,我以人格作担保向你们发誓,一定会在某个地方让你们安全上岸。如果你们不愿意和我们一起乘船走,因为我知道我的水手中有些人性情比较暴躁,对你们有怨气,那么你们可以暂时留在岛上。我们将按人头把食品与你们平分,并且我将通知我们所遇到的第一条船,请他们来把你们带走。你们现在讨论一下吧。再也不可能有比这更好的条件了,决不可能。我希望,”西尔弗提高嗓音说道,“在木屋里所有人都听明白了我的话,因为这也是我对大家所说的话。”

斯莫利特船长站了起来,把烟斗里的烟灰磕在左掌心里。

“你说完了吗?”他问道。

“我是把所有的话都说完了,”约翰答道,“你们如果拒绝的话,下次再与你们见面就不再是我,而是滑膛枪的子弹了。”

“既然你已经讲完,”船长说,“现在该听我说了。如果你们放下武器到这里来，我得把你们用铁镣铐起来，送回英国去接受公正的审判。如果你们不那样做，我以国旗的名义发誓，一定要送你们去见海龙王，否则我就不叫亚历山大·斯莫利特。你们不可能找到藏金处，也驾驶不了‘希斯帕诺拉号’，你们中没有一个人有这样的本领。你们也打不过我们，昨天你们五个人也未能拦住葛雷，他还是冲了出来。你们的船动不了啦，因为你们处在背风海岸。我站在这里告诉你，这是我对你的最后一次忠告。下次我再遇见你，一定要用子弹打穿你的脊梁骨。快滚吧，连滚带爬，滚得越快越好。”

西尔弗怒容满面，两只眼睛也陡然变大了许多。他抖去了烟斗里的火灰。

“把我扶起来！”他叫嚷道。

“我不会扶你。”船长答道。

“谁肯来扶我一把？”西尔弗吼叫着。

我们中没有人愿意去扶他。他只好在沙地里爬行，一边爬，一边嘟嘟囔囔地发出最恶毒的诅咒。他一直爬到门廊边才能拄着拐杖站立起来。在这之后，他往泉水里吐了一口痰。

“呸！”他恶狠狠地说，“你们在我眼中就像这一口痰一样。不出一小时，我就会把你们这老木屋打得稀巴烂，就像我砸朗姆酒桶那样。笑吧，你们笑吧！不出一小时，你们就笑不出声了。到那时，你们谁还活着，一定会觉得还是死去了好。”

他又是一阵怒骂，才一瘸一拐地走下沙地。经过四五次摔跤，还是靠打白旗的那个人搀扶，他才得以翻过栅栏。不久两人就消失在树林里。

第二十一章

打退敌人的进攻

西尔弗走后,密切注视着他的船长立刻回到木屋。当他发现除葛雷外没有一个人坚守在自己的岗位上时,马上大发雷霆。这是我们第一次看见他发这么大的火。

"快回到你们的岗位上去!"他怒吼道。等我们低着头回到各自哨位以后,他又说:"葛雷,我要把你的名字记在航海日记里,你尽到了作为水手的职责。特里劳尼先生,你的表现使我感到惊讶。大夫,你是参过军打过仗的,如果你在方特努瓦服役时也是这样不守纪律,还是躺在床上睡大觉为好。"

大夫的一班人都回到了各自哨位,其余人则忙于往备用枪支里装填弹药。大家都羞得满脸通红,耳朵也直发烫。

船长默默地看了一会儿,然后开口道:

"诸位,我刚才把西尔弗痛骂了一顿并故意激怒他。他说,不出一小时,他们就要向我们进攻了。我们人数没有他们多,这是大家知道的。但是我们有木寨作掩护。我还想说,几分钟前我们仍是一支纪律严明的队伍。只要大家团结一致,一定能打退他们的进攻。"

接着他四处巡视了一遍，直到满意放心为止。

木屋的东西两面较为狭窄，只有两个枪孔。在有门廊的南面也只有两个枪孔，朝北的一面却有五个。我们七个人共有二十支滑膛枪。我们把采集来的木柴垒成四堆，或者说垒成四张桌子，在每一面墙壁中央各有一堆，然后在每一张这样的桌子上放着四支装上了弹药的滑膛枪和一些弹药，以供防守者随时取用。弯刀则放在桌子中央。

“把火熄掉，”船长说，“寒气已经退了，不要让烟雾熏得我们睁不开眼睛。”

特里劳尼先生亲自把铁火盆搬到室外，把未烧完的木炭闷熄在沙地里。

“霍金斯还未吃早饭呢。霍金斯，你自己拿点东西到你哨位上去吃吧，”斯莫利特船长接着说，“抓紧点，等一会儿打起仗来，你就不能再吃了。亨特，给每人倒一杯白兰地。”

就在大家喝酒的时候，船长已经想好了防守的计划。

“大夫，你守住大门，”他继续说，“当心不要让敌人看见。尽量站在里面，从门廊里往外射击。亨特负责东面。乔伊斯到西面去。特里劳尼先生，你是最好的枪手，你和葛雷镇守那狭长的北面，那里有五个枪眼，是最危险的地段。万一他们冲过来，从外边通过这些枪孔向我们开火，那就糟糕了。霍金斯，你我都不擅长打枪，我们就站在旁边装弹药，做帮手。”

正如船长所说，寒气已经退了。太阳一爬到我们这一带的树梢上，立刻把全部热量向沙地上施放，将四周的雾霭一口气吸走了。不久，沙子开始发烫，木屋的木柱上树脂渐渐融化。我们脱掉了上衣和外套，解开了衬衫的领子，把袖子卷到肩膀上。我们站在各自哨位上，感到酷暑难熬、非常乏闷。

一小时过去了。

“真该死！”船长骂道，“一点风也没有。葛雷，你打个口哨，招一阵风来吧。”

就在此时，有人发现了敌情。

“报告，船长，”乔伊斯说，“是不是我一看见有人就马上开枪？”

“当然如此。”船长说。

“是，船长。”乔伊斯仍然彬彬有礼地回答道。

暂时没有什么动静。但刚才一席话使所有人紧张起来：大家竖起耳朵，睁大眼睛，生怕漏过了任何来犯者。枪手们紧握着手中的滑膛枪，船长则闭着嘴，皱着眉头，静静地站在木屋中央。

又过了几秒钟。突然，乔伊斯举枪放了一枪。与此同时，木寨四周不断有子弹射来，一枪接一枪，像放连珠炮似的。有几颗子弹打在了木屋墙上，但都未能穿进屋子里。等到硝烟散开，木寨和它四周的树林又变得像以前一样安静。没有一根树枝晃动，没有一支枪口的闪光照出敌人的所在。

“你打中了敌人没有？”船长问。

“没有，”乔伊斯回答道，“我相信没有打中。”

“你老实说倒也好，”斯莫利特船长喃喃自语，“霍金斯，你替乔伊斯装好弹药。大夫，敌人向你那边打了多少枪？”

“我知道得很准确，”利夫西大夫说，“他们一共打了三枪。我看见火光闪了三次：有两次靠得很近，另一次距离稍远，在西面。”

“三枪，”船长重复道，“你那边挨了几枪，特里劳尼先生？”

北面挨的子弹最多，要精确统计就不那么容易了。特里劳尼估计是七枪，葛雷则说有八九枪。至于东西两面，敌人只打了一枪。这样就可看出，敌人的主攻方向是北面，其余三方面打的枪只是一种虚张声势，意在扰乱我们的耳目。但斯莫利特船长对原来的部署并未做改变。他解释说，如果海盗们能够越过栅栏，他们就会去占领那些无人防守的枪孔，像射杀老鼠似的把我们打死在自己的堡垒中。

不过我们也没有时间来考虑了。随着一阵呐喊，一群海盗从北面的树林跳出，直奔木寨。同时，从其余几个方向也传来枪声。一颗子弹嗖的一声从门外飞进，把大夫手中的滑膛枪击成了碎片。

海盗们倾巢出动，像猴子般地爬上木栅。特里劳尼和葛雷不停地放枪，打倒了三个人：一个跌入木栅里边；另外两个倒在木栅外。但这两人其中一个显然没有受伤，而是被吓倒的。只见他瞬间便站立起来，拼命逃回树林里去了。

两个人被击毙，一个人逃走了，另外四个人却已成功地闯入了木栅。与此同时，树林里还有七八个人在向木屋进行猛烈却是无效的射击。他们每人显然配备了好几支枪。

那四个已经越过木栅的海盗呐喊着直向木屋扑来。树林里的海盗则不断在他们身后呐喊助威。我们这边打了好几枪，但由于射得太匆忙，所以都不曾打中。转眼间，四个海盗已经冲上沙丘地，居高临下地向我们扑来。

水手长约伯·安德森的头出现在中间一个枪孔里。

“打死他们，兄弟们！打死他们！”他大吼道。

这时，一个海盗抓住亨特的枪筒猛地一拖，从他手中夺过了枪，然后狠命一击，把可怜的亨特打昏在地，他丧失了知觉。另一个未曾受伤的海盗围着木屋跑了一圈,突然出现在门口,举刀向大夫猛砍。

我们所处的地位与刚才正好来了个大转换。在这之前,我们在木屋的掩蔽下向完全暴露的敌人开火;现在是我们自己暴露在敌人面前,又无还手之力。

木屋里硝烟弥漫,幸好有这烟雾,使我们暂时获得了安全。屋里屋外的喊杀声、火光和枪声以及惨叫声震耳欲聋。

“冲出去,孩子们,到外面去跟他们拼刀子!”船长大声叫道。

我从柴堆里抽出一把弯刀,这时有人在拿弯刀时把我的指关节割了一刀,但我并不觉得疼。我冲出门外跑到阳光下。身后紧跟着一个人,但我不知道他是谁。大夫正在我前方追赶刚才向他进攻的那个敌人。我看见他时,他已打掉敌人手中的武器,一刀把他砍翻了。那海盗仰天倒地,脸上被划开了一道很长的口子。

“绕到屋后去,孩子们,快!”船长喊道。尽管当时乱成一团,我仍察觉到船长的声音有些异样。

我机械地服从命令转向东边,举起弯刀绕过屋角,不料却撞上了安德森。他大吼一声,把弯刀举过头顶,迎着阳光向我劈头砍来。此时的我已来不及害怕,就在他的刀仍高悬在空中的千钧一发之际,我纵身跳向旁边的沙地,不料脚一打滑,竟顺着斜坡滚了下去。

我从门口突围出去的时候,其余海盗也在从四面八方冲向木栅,准备把我们置于死地。一个戴着红色睡帽的人,嘴里衔着一把短刀,已经爬到木栅顶上,一只脚跨了进来。不过,这个过程极其短促。当我重新站立起来时,一切又恢复了原样。那个戴红色睡帽的海盗仍然停留在木栅顶上,另一名海盗只在木栅顶上露出了半个头。就在这短短一瞬间,战斗已经结束,胜利已属于我们。

葛雷紧跟在我身后。他趁大个子水手长一刀砍空,来不及再举起刀时,一刀结果了他的狗命。还有一个正在向屋里射击的海盗,却在枪孔边被我们击中,此刻正躺在地上痛苦地挣扎着,他手里的枪仍在冒烟。至于我刚才看见的第三个海盗,已经死于大夫刀下。爬过木栅的四个人中只有一个仍活着,他现在扔掉弯刀,正试图从木栅栏里爬出去。

“开枪!到屋里去开枪!”大夫喊道,“大家快回到木屋里!”

但他的话没有引起大家的注意,没有人开枪,这个命大的海盗逃了出去,和其他人一起消失在树林里。一时间,前来进攻的海盗全跑光了,只留下四具尸体:三具在木栅里边,一具在木栅外。

大夫、葛雷和我赶忙跑回木屋。逃跑掉的海盗有可能是回去取枪的,随时可能重新爆发战斗。

木屋里的烟雾已经散开,我们立刻看见为这次胜利付出的代价。亨特被击倒在他镇守的枪孔旁,已是不省人事;乔伊斯则躺在他的哨位上,不能动弹,是头部中弹;在屋子中央,特里劳尼正搀扶着船长,两人的脸上同样惨白。

“船长挂彩了。”特里劳尼先生说。

“他们逃了吗?”斯莫利特船长问。

“能逃的都已逃了,”大夫回答说,“但他们中有五个人再也逃不掉了。”

"五个!"船长叫喊起来,"这比我预计的好。他们丢了五个,我们只是死伤三人。现在变成我们四个打他们九个[1],这比刚开始时好多了。当时我们是七个对他们十九个,太不容易。"

① 其实这时只剩下八个海盗了,因为在大船甲板上被特里劳尼击伤的那人当晚就死了。不过此事是我们以后得知的。——原注

第五部　海上冒险

第二十二章

我的海上冒险的开始

反叛者没回来,树林中也没有人向我们打冷枪。正如船长所说,海盗们“已经受够了苦头”,因此我们可以从容地照看伤员,准备午饭。特里劳尼先生和我不顾危险到屋外做饭。即使到了屋外,我们仍不能集中精力,因为屋内伤员大声呼痛的呻吟不时灌入我们耳中,令人揪心。

在这场战斗中共有八个人倒下,其中还有三个人没有咽气:一个是在枪孔边被击倒的那个海盗,另两人是亨特和斯莫利特船长。其中前两人伤势很重:那海盗最后死在大夫的手术刀下;亨特虽经我们全力抢救,仍未能苏醒。他整整拖了一天,就像我家客店里那中风的老海盗那样大口喘气,但他的肋骨已经被打断,跌倒时又把颅骨撞破了。到了晚上,他便无声无息地走上了黄泉路。

至于船长,他的伤势尽管严重,但并无生命危险,没有伤及要害部位。他先是被约伯·安德森开枪打中,子弹打中了他的肩胛骨并伤到了肺部;第二颗子弹只是挫伤了小腿上一些肌肉。大夫说船长肯定能康复,只是在目前和接下来几周里,他不能行走,胳膊也不能移动,而且要尽量减少与人谈话。

我自己指关节上被割的那道口子属于误伤，利夫西大夫替我用膏药贴在创口，扯了扯我的耳朵以示问题不大。

午饭后，特里劳尼先生和大夫坐在船长旁边商议下一步行动方案。他们看来谈得很热烈。在这之后，大夫拿起他的帽子和手枪，腰间挂上弯刀，怀揣地图，肩扛一支滑膛枪，翻过北面木栅，匆匆地消失在树林里。

葛雷和我坐在木屋的另一头，没能听见他们之间的谈话。葛雷看见大夫独自外出非常吃惊，他从嘴中取出烟斗，竟忘记了把它重新放入嘴里。

"天哪!"他说，"利夫西大夫是不是疯了?"

"不可能，"我说，"他是我们所有人中办事最稳重的人。"

"也许是吧，"葛雷说，"不过，如果他没有疯，那一定是我疯了。你记住我的话好了。"

"我认为，"我说，"大夫这样做一定有他的道理。照我看，他是去和本·冈恩碰头去了。"

事后证明，我的猜想是对的。但是当时木屋里十分闷热，木栅里一片沙地被正午的日光烤得几乎要冒出火焰。我脑子里开始酝酿一个念头，很难说有什么道理。我羡慕大夫：他走在阴凉的树林里，四周鸟声啁啾，树木散发清香；而我则坐在木屋里受煎熬，衣服湿淋淋的，四周有那么多血，那么多尸体。我对这木屋既厌恶又恐惧。

冲洗屋里的血迹和洗刷碗碟的时候，这种厌恶和妒忌心越来越强烈。最后我刚巧走到一袋面包干旁边，趁人不注意，采取了准备出走的第一个行动：往外套两只口袋里塞满了面包干。

你们可能认为我太傻了。的确，我要干的是一件胆大妄为的傻事，但我决心尽可能小心从事。不管怎么说,这些面包干至少可以使我在两天内不会挨饿。

接下来我拿了两支手枪。由于已有一筒火药和好些子弹,我感到自己是全副武装了。

我头脑里拟订的计划本身并不坏。我打算从东面走到把锚地和海洋隔开的沙尖嘴,去寻找昨晚发现的那块白色岩石,看看本·冈恩那条小船是否还在那里。我至今仍认为这是件很值得一试的事。不过我知道他们是不会让我离开木寨的,唯一的办法只能是不辞而别,乘没人注意时溜出去。这种做法实在不妥,把本来一件好事也变成了错事。但我毕竟太幼稚,还是把它付诸行动了。

机会终于来了。葛雷和特里劳尼正忙于给船长缠绷带,木栅外并无其他人。我迅速爬出栅栏,钻入树林中。等到伙伴们发现时,我早已到了他们的呼喊声达不到的地方。

这是我第二次擅自行动,这一次比前一次更不能原谅,因为我这一走,只留下两个健康的人守卫木屋。可是,同前一次一样,我的再次出走却拯救了大家。

我径直向海岛东面跑去。我想沿着沙尖嘴靠海的一边走,以免引起锚地里的海盗的注意。此时已近傍晚,不过太阳还没有落山,天气还很温暖。穿行在高大的树木之间,我不但能听见浪涛拍岸的轰鸣,还能听见树叶簌簌响、树枝嘎嘎摇曳的声音,这表明今天的海风比往日刮得更大。不久,我就感到阵阵凉意。再往前走几步,我来到树林边缘的一块开阔地,只见蔚蓝的大海在阳光照耀下伸展到水天相连的地平线上。岸边波涛滚滚,白浪翻腾。

我从未看见过金银岛四周的大海这样平静过。即使烈日当头，海上没有一丝风，蔚蓝色的海面波平如镜，整个海岸线仍然涛声不绝，日夜涌动着怒潮。岛上很难找到一块听不见涛声的地方。

我沿着岸边走去，心情十分愉快，直到我认为已经向南走得够远，方才在茂密的灌木丛遮蔽下，一步步爬上沙尖嘴的脊梁。

背后是大海，前面是锚地。刚才还吹得哗哗作响的海风已经停了下来，取而代之的是从南方和东南方飘来的轻柔气流和随之而来的大团浓雾。在骷髅岛庇护下的锚地水面仍是波平浪静，同我们初次驶入时看到的情形一样。"希斯帕诺拉号"静静地躺在平如镜面的海水中，从桅顶到吃水线，以及桅杆上悬挂的海盗旗都清晰可辨。

在"希斯帕诺拉号"旁停着一条小船，西尔弗正站在船尾。我对他的模样再熟悉不过了。两个海盗正倚靠在大船船尾的舷侧上与他交谈。其中一人头戴红色睡帽，就是几小时前我看见的那个跨在木栅顶上的坏蛋。他们显然在谈什么，不过距离实在太远，大约有一英里以上，我对他们谈话的内容一个字也听不出来。突然，从那里传来一声令人毛骨悚然的怪叫，着实使我大吃一惊。不过我很快想起这是名叫"弗林特船长"的鹦鹉在叫。我甚至想到当这鸟儿栖息在它主人的手腕上时，我也能根据它那光泽的羽毛辨认出它。

不久，小船离开大船向岸边驶去，戴红睡帽的那个家伙和他的同伴则走回到房舱升降口。

这时，太阳已从西贝格拉斯山后落下。由于浓雾聚集，天色很快就暗下去了。我知道，如果要在今晚找到小船，必须抓紧时间。

那块白色岩石坐落在矮树丛上面，离此地还有大约八分之一英里路程。我穿过矮树丛时，往往要匍匐而行，因此花了许多时间才来到岩石边。当我触摸到粗糙的岩壁时，四周已是一片漆黑。岩壁下面有一块长着青苔的凹地，掩蔽在堤岸和高仅及膝的茂密矮树丛后面。凹地中央果真有一顶用山羊皮缀成的小帐篷，与吉卜赛人在英国到处流浪时所用的帐篷极为相似。

我跳入凹地，揭开帐篷一角，看到里面果然有本·冈恩说的小船。这条船制作得非常简陋：船架子由粗糙的硬木拼成，上面包着一块块羊毛朝里的山羊皮。这船小得可怜，即使我坐在里面也负载过重，真难想象它怎能载得动一个比我大的人。船里有一块板，安置得很低。此外，船头中央有一块类似踏脚板的木头，还有一柄双叶长桨。

我以前从未见过我们的祖先不列颠人用柳条和兽皮制作的小船，但后来看到了。为了让读者对本·冈恩这条小船有更深刻的印象，最恰当的比喻就是把它比作人类所造的最原始、最简陋的船。不过它却具有古代柳条兽皮船的最大优点：非常轻便，易于搬动。

既然已找到小船，你们大概会认为我已经游荡了这么久，应该回去了。可是这时的我又想到了另一个主意，并且非常固执，即使斯莫利特船长反对，我也一定要付诸实施。我打算驾驶小船趁着黑夜接近“希斯帕诺拉号”，割断它的缆绳，使其漂流到岸边。我断定，海盗们经受了上午的惨败之后，肯定想起锚出海、逃之夭夭。如能制止他们逃跑，这就再好不过了。当看到留守在大船上的人连一条小船也没有配备，我便估计要实施此事不会有多大危险。

我坐下来等待天黑，并抓紧时间拿出面包干饱餐了一顿。这个夜晚对于实施我的计划真是千载难逢的良机。浓雾遮蔽了整个天空。当落日的最后一点余光消失在天边，黑暗降临到金银岛上，我终于肩扛小船，跌跌撞撞摸黑从凹地走出。此时，整个锚地只有两个地方有亮光。

一处是在岸上，一群吃了败仗的海盗正在沼泽地里围着篝火饮酒作乐；另一处只是在黑暗中发出微光，指示着大船停泊的位置。船身在退潮时转了个方向，现在是船头朝着我。船上唯一的灯光在房舱里，我所看见的只是从船尾窗口射出的强烈光线在浓雾里的一道折射而已。

潮水已开始退了，我要走过一条很长的湿沙滩，才能达到水退后的海边上。我有好几次齐膝陷到了泥沙中。涉水前行数步，我略使巧力便麻利地把小船放到水面上。

第二十三章

潮水急退

在我未使用这条小船前，就有足够的理由证明它对于我这样身高和体重的人是很安全的。它在海上行驶起来既轻便又灵活，可又是一条非常难于驾驭的船，老是侧向一方。无论你怎么摆弄，它总是漂向下风处，并且不停地打转。本·冈恩自己也承认，这小船“不那么好对付，需要有一个熟悉过程”。

我对这条船知之甚少。它可以转向任何方向，就是不肯去我要去的地方。大部分时间里，船身是往一边倾斜的。若没有潮水帮忙，我永远不可能靠近大船。幸运的是，只要我用力划，潮水始终把我往下游方向冲，而“希斯帕诺拉号”正好横在下游的航道上，不可能错过它。

最初呈现在我面前的大船是比夜色更浓的一团黑糊糊的东西。随后，它的桅杆和船身渐渐显露出来。不一会儿（因为我越向前进，退潮的水流就越急），小船靠近了锚索，我立刻伸手把它抓住了。

锚索绷得像弓弦一样紧，由此可见它承受了多大的力才稳住船身。黑暗中，有一股泛着细浪的急流正在船身四周发出山溪流水似的汩汩声响。此时只要我挥刀一砍，“希斯帕诺拉号”便会被潮水冲走。

一切似乎都很顺利。这时我忽然想到：割断一根绷紧的缆绳犹如去踢一匹正在飞奔的马一样，是十分危险的。如果我真的那样去做，我和我的小船势必要撞沉海底。

我只好停了下来。要不是幸运之神再次特别照顾我，我有可能放弃原来的计划。此时，原来从东南方和南方吹来的微风，在入夜后已渐渐转为西南风。我正在沉思，突然吹来一阵风，推着“希斯帕诺拉号”逆流而动。我非常高兴，因为手中握着的锚索松了一下，而我握着这锚索的手也一时浸在水中。

我当机立断，掏出水手刀，用牙齿把它拉开，然后把锚索一股一股割断，最后只剩下两股绳子维系着大船。我静静地躺了一会儿，等候下一阵海风吹来使绳索张力松弛时，再把余下的两股绳索割断。

在这期间，我一直听到房舱里有人高声谈话。但由于心思放在其他事情上，我没有仔细去听。现在我没有别的事可做，自然对那谈话更加留心了。

我听出其中一个声音是从前做过弗林特的炮手的副水手长伊斯雷尔·汉兹发出的。另一个声音则来自戴红睡帽的那个家伙。显然他们都已经喝醉了，可还在继续痛饮。就在我侧耳偷听时，他们中的一人忽然大吼一声，从尾窗扔出一件东西，大概是一只空酒瓶。但他们不光是喝醉了酒，而且怒气冲天，互相责骂。两人你来我往，互不相让，叫骂声像冰雹似的散落。每当达到高潮，我总以为他们必定打起来。但他们的对骂每次都会暂时告一段落，嗓音逐渐放低，直到下一次战斗重新爆发，然后又趋于平息。

在岸上，我能看到那一大堆熊熊燃烧的篝火透过岸边树林发出的红光。

有人正在唱一首单调而忧伤的老水手歌谣。每到一段歌词的末尾，他都要降低音调，然后再提高，似乎他不想停下来，这歌曲就可以永远唱下去。我已不止一次在航行过程中听到过这首歌。记得其中有两句是这样的：

“七十五人随船出海，
只剩一个活着回来。”

在我看来，这首忧伤的曲调对于曾经在今天上午遭到惨败的这一伙海盗来说，真是太适合了。但我接下来就了解到，这些海盗就犹如他们所航行的大海一样冷酷无情。

终于又来了一阵风。大船在黑暗中再次向我靠近，锚索也再次变得松弛一些。我赶紧使劲把最后两股纤绳割断了。

风虽然对小船无多大影响，我却几乎被“希斯帕诺拉号”的船头撞倒。与此同时，大船在海潮推动下开始慢慢旋转。

我拼命地划桨，生怕被大船撞翻。当发现无法直接把小船划走，我就径直朝大船船尾划去。几经周折，我才脱离了这位危险的邻居。我刚划完最后一桨，双手突然碰到从大船后舷墙上垂掉下来的一根绳子。我一把抓住了它。

为什么要抓住这绳子，我自己也回答不上来。起初这纯粹是出于本能的举动。握住这绳子，发现它绷得紧紧，我的好奇心便油然而生。我当即决定借用这根绳子攀到房舱窗口往里探望一下。

我两手交替着攀绳而上。估计已经达到相当的高度时，我冒着极大风险升高大约半个身体，却只看到房舱屋顶和舱内的一角。

这时，大船和我的小船正顺着潮水快速下滑，我们的位置已经和岸上的篝火相平行了。大船溅起了无数水花，按水手的话讲，船是在“发脾气了”。没有从窗口望进去之前，我为留守的人丝毫不警惕而纳闷。不过，我往里望了一眼就明白了，从那摇摇晃晃的小船上也只有望这一眼的机会。原来汉兹和他的同伴正各自卡住对方的咽喉，进行一场殊死搏斗。

就在即将掉到水里时，我及时跳回到小船座板上。一时间我什么也看不见，只剩下两张穷凶极恶、涨得通红的脸伴随着昏暗的灯光在眼前晃荡。我赶紧把眼睛闭上，使自己再一次熟悉四周的黑暗。

那早该结束的水手歌谣终于唱到了头。围在篝火边的全体海盗又齐声高唱那支我极为熟悉的老歌：

十五个人争夺死者的皮箱，
唷嗬嗬，朗姆酒一瓶，快端上！
其余的都被酒和魔鬼送了命，
唷嗬嗬，朗姆酒一瓶，快端上！

我正默想着，朗姆酒和魔鬼此刻正在“希斯帕诺拉号”的房舱里作祟，忽然小船歪向了一边。同时，小船急速转弯，似乎要改变航向。原来潮水的流速奇特地加快了。

我立刻睁开眼睛，看到四周全是泛着磷光、哗哗流动的急流。看来小船还未能摆脱“希斯帕诺拉号”后面几码的旋涡，而大船自身也在不停地晃动。我看见它的桅杆在漆黑的夜幕中颠簸了一下，很快判定它也在向南方拐弯。

我回头看了看，立刻吓得魂飞魄散。篝火的火光就在我的身后。潮水挟着高高的大船和我那摇摆不定的小船向右拐了一个弯，正途经狭窄的港湾流向宽阔的海洋。一路上水流越来越急，浪花越溅越高，涛声也越来越响。

突然，我前面的大船猛然偏离航线，大约转了二十度的弯。几乎就在同时，船上发出了一阵连续的叫喊声。我听见从舱房升降口的梯子上传来的匆匆脚步声，于是知道那两个醉鬼已经意识到灾难临头并停止了打斗。

我趴在这不幸的小船底，虔诚地把我的灵魂托付给上帝安排。到了海峡出口，我以为我们一定会被汹涌的巨浪吞没，到那时我所有的烦恼将会一扫而光。虽然我不怕死，但始终不忍眼睁睁地坐视厄运的来临。

我就这样趴在船底大约好几个小时，不断被大浪抛来抛去，被飞溅的浪花淋湿，总是担心会被下一个大浪所淹死。我逐渐感到困乏，甚至在恐慌之中还打起瞌睡，最后睡着了。我躺在这不停晃动的小船里，竟然梦见了我的家乡和本葆将军客店。

第二十四章

小船巡洋

我醒来时天已大亮，小船正漂流在金银岛西南端的海面上。太阳已经升起，却被高大的西贝格拉斯山挡在了身后。西贝格拉斯山靠海的这一面山势险峻，在海岸边形成了一堵堵令人望而生畏的悬崖峭壁。

帆索岬和后桅山就在附近。后者是一座光秃秃的荒山，前者则被四五十英尺高的峭壁和许多崩落的岩石包围。我这时离岸最多只有四分之一英里，所以第一个念头就是划过去登陆上岸。

但我很快打消了这个念头。巨浪不停地打在崩落的岩石上，那巨大的声响和飞溅的浪花此起彼伏，让人不寒而栗。如果我贸然登陆，即使不撞死在陡峭的岩石上，也会在攀登悬崖绝壁时由于力气耗尽而坠海身亡。

不仅如此，我还看到五六十头巨大无比的看似软体蜗牛的怪兽，它们有的匍匐在平坦的岩石上，有的扑通跃入海中，岩石间到处回荡着它们狂叫的声音。

我后来才知道那些像蜗牛似的动物是海狮，它们不会伤人。然而当时出于对它们那般模样的害怕，再加上海岸地势险峻，潮水湍急，我马上打消了在这里登陆上岸的念头。我宁愿在海上挨饿，也不愿冒这么大的风险。

同时，我已经看到有一个好机会在等待我。在帆索岬北面有一片退潮时露出的狭长黄沙滩。沙滩北面又有一个岬角隐蔽在高大葱绿的松树林里，这就是地图上标明的松林岬，松树一直生长到了海边。

我记得西尔弗讲过，沿金银岛整个西岸有一股由南向北的水流。从我现在所在的地点来看，我已经进入这股水流的势力范围。因此我决定离开帆索岬，留下一点体力，设法在水流不那么湍急的松林岬靠岸。

我正好碰上巨大而平缓的涨潮。海风从南方不停地轻轻吹来，与海水流动的方向保持一致，因而海浪起伏平稳，持续有节。

如果情况不是那样，我早就丧命了。即便如此，我这一叶小舟居然能这么容易地化险为夷，这也实在令人难以置信。当时我静静地躺在船底，用一只眼睛从船舷往外望。我常看见巨大的浪峰高高耸立在我的头上，然而小船只是轻轻一跃，就好像装了弹簧般滑入波谷，轻盈得像一只小鸟。

于是我鼓起勇气，坐起来试着划桨。即使这重量支配的小小变化也会导致小船行进姿态的剧变。我刚刚动了一下，小船立刻中止了轻柔的舞姿，陡然坠入波谷，搞得我头晕目眩，接着船头又猛地扎入下一个浪峰里，激起一阵浪花。

海水打湿了全身。我吓得要死，连忙回到原来的位置躺下。这一来小船似乎又恢复了原状，仍像以前一样在波浪中载着我轻快平稳地前进。看来小船不能容忍被人控制，但如果任其这样自由漂浮，我又怎么可能上岸呢？

我虽然心里十分害怕，仍保持镇静。首先，我小心地用水手帽把船里的水舀了出去，再从船舷往外观察，希望能得知这小船为什么能一次又一次平稳地经受住海浪的冲击。

我发现，每一个浪头并不像从海岸上或甲板上所看到的那样犹如平滑光洁的大山，而是像陆地上绵延起伏的丘陵，既有山峰，又有谷底。如果听任小船自由行动，它便会左右回旋，穿行于巨浪的波谷，从而避开浪涛的坡面和令人头晕目眩的浪尖。

"好啊，"我默默地告诉自己，"现在明白了，我得躺在原地不动，以免破坏船身的平衡。但我可以把桨伸出船外，遇到水面平滑时就向岸边划。"于是，我立刻用两肘撑着身体，以一种很别扭的姿势躺着，不时轻轻划上一两桨，使船头慢慢向岸边转去。

这工作做起来很吃力，也很慢，但我已取得明显的进展。靠近松林岬时，虽然已不可能在那里靠岸，我仍旧向东航行了几百码。事实上我离那海岬已经不远了，看得见阴凉翠绿的树枝在微风中摇曳。我感到下一次再遇到一个岬角时一定能成功。

现在我真想喝口水，因为我已口干舌燥。头顶上火红的太阳通过波浪反射出几千倍的光和热；溅到我脸上的海水被日光晒干后在嘴唇上凝结为盐霜。这一切合在一起，使我喉咙冒烟，头痛难忍。望着近在咫尺的阴凉树林，我多么想到里面去歇一歇。但潮水很快把我冲过了岬角。当又一片海面展现在面前时，我立刻打消了上岸的念头。

在正前方不到半英里的地方，我看见正扬帆行驶的"希斯帕诺拉号"。我知道我将被它追上，可是由于正在为没有淡水而发愁，所以对这件事不知是该喜还是忧。在未做出决定前，我心头充满着惊奇的感觉，只能瞪大眼睛发呆。

“希斯帕诺拉号”正扬着主帆和船头的三角帆前进。美丽的白帆在阳光照耀下皎洁如雪、闪闪发光。我最初看见它时，所有的帆都鼓满了风，正向西方行驶。因此，我猜想船上的人是想绕过海岛回到锚地去。可是不久它渐渐偏向西方，我以为他们是发现了我，正向我追来。然而它的船头最后竟对准风吹来的方向，不进不退，孤零零地停在海上，帆贴着桅杆不停地摆动。

“这些笨蛋，”我自言自语道，“他们一定还醉得像死猪似的。”我想要是斯莫利特船长知道了此事，一定会把他们骂得狗血喷头。

这时帆船渐渐转向下风，鼓满风帆掉转航向，飞快行驶一两分钟后又对准迎面吹来的风不动了。这样接连反复了好几次，“希斯帕诺拉号”左冲右突，忽东忽西，最后的结果还是恢复原来的状态，只是让风帆噼里啪啦空响了一阵。我这才明白船上根本没有人在掌舵。那么，他们到哪里去了呢？我想他们如果不是烂醉如泥就一定是逃之夭夭了。如果我能够到大船上去，也许可以把这条船完好无损地交还给船长。

潮水正载着小船和大船以同样的速度向南漂去。不过大船的行驶非常不规则，一会儿走，一会儿停，并且停下来的时间远多于转圈的时间。因此它即使没有后退，也几乎没有前进。只要敢坐起来划桨，我想我一定可以追上它。这个大胆的设想鼓舞着我。当我想到前甲板舱房升降口旁有一个小的淡水桶时，更是勇气倍增。

我刚坐起来，立刻有一阵浪花泼进来。不过我已下定决心，要使出全部力气，小心翼翼地向无人驾驶的“希斯帕诺拉号”划去。有一次，小船进了很多海水，我不得不停下来，怀揣一颗颤抖的心往外舀水。但我渐渐地对这种情况习以为常，便继续划着桨在波浪中穿行，尽管不时有浪花打在船头，溅起一阵水沫打在我脸上。

我现在正迅速地驶近大船。我已能看见船上的舵柄摇晃，上面的黄铜闪闪发光，而此时甲板上仍不见一个人影。我只能假设海盗们都弃船而逃了。或者，他们一定还醉卧在下面的房舱里。我也许可以把他们锁在里面，然后成为这条船的主人。

有好长一段时间，大船一直在干着对我来说是最为不利的事：它不再打转了，而是把船头尽量对准正南方向。当然，它的船身仍不停晃动。每次偏离正南，它的风帆就会部分鼓起，片刻后，船头又会对准风向。刚才我说这是对我最不利的事，因为“希斯帕诺拉号”看上去处于无人管理的状态，船帆被吹得哗啦直响，滑轮在甲板上轧轧转动，可它还是继续远离我，这不但因为潮水的速度很快，而且由于船身受到了很大的风压差。

最后，我终于盼到了一个机会。在一个几秒钟的间歇期里，海风停了，潮水推动“希斯帕诺拉号”徐徐转动，再次让我看到了船尾。房舱的窗门仍然敞开，挂在桌子上的灯在大白天仍然亮着。桅杆上的主帆垂着头。如果没有潮水的推动，船就会完全停下来。

就在刚才之前，我几乎已经失去信心了，现在我又重新打起精神，努力追赶大船。

离大船不到一百码，风又开始刮起来。船的左帆吃住风，船身便像燕子般地倾斜着掠过水面，向前驶去。

我最初的感觉是失望，但接下来便转忧为喜了。“希斯帕诺拉号”渐渐调转船身向我靠拢，把我们之间的距离从一半减至三分之一，再减至四分之一。我能够看见船头龙骨下端溅着白沫的波浪。我从小船低处往上望去，大船果然异常高大。

这时我突然意识到情况不妙，我没有时间思考，更没有时间进行自救。当小船正处在一个浪尖时，大船越过另一个大浪向我压来。船头的斜桅正好高悬在我头上。我一跃而起，把小船踩入水中，一只手抓住了船头三角杆，一只脚伸在了转帆索和支索中间。就在我仍悬在半空、大口喘气时，一种沉闷的撞击告诉我，大船已经把小船撞沉了。我无路可退，只能留在大船上了。

第二十五章

我降下了海盗旗

我刚转移到船首斜桅上，就听见三角帆砰的一响，鼓满了风，转到另一个方向。其响声之大犹如有人放了一炮。紧接着大船上下也震动起来。但片刻后，尽管其余船帆还吃着风满张着，船首的三角帆却又翻转过来，懒洋洋地低垂着。

这一震险些把我抛入海中。我不敢再犹豫，立刻顺着船首斜桅头朝下翻落在甲板上。

我落地的地方是前甲板挡风处，张开着的主帆把后甲板的一部分遮住了，因此我一个人影也没有看见。自水手哗变以来，甲板就不曾洗刷过，上面留下了许多足迹。一只齐头断裂的空瓶子在排水孔之间滚来滚去，好像被赋予了新的生命。

突然，"希斯帕诺拉号"又遇到了逆风。我背后的三角帆噼啪作响，舵板发出巨大的撞击声，全船发生了剧烈的抖动。与此同时，主帆桁向右旋转，帆脚索在滑车中沙沙作响。处于下风的后甲板一下子显现在我面前。

那里的确有两个留守的海盗。一个是戴红色睡帽的家伙，他两臂伸开，龇牙咧嘴，仰卧在地，活像被钉在十字架上似的一动不动。另一个叫伊斯雷尔的人则背靠舷壁而坐，低着头，双手平放在他面前的甲板上，本来黝黑的面孔看上去像白蜡烛一样惨白。

一时间，大船就像一匹有怪癖的马，自行其是，左右摇晃。帆鼓满了风，忽而倒向一边，忽而倒向另一边。帆桁来回晃动导致主桅过度受压而发出嘎吱声，以示抗议。不时还有水沫打在舷壁上和波浪撞击船头时发出的巨响。总之，这艘装备精良的大船所经受的风浪远远大于我那条已沉入海底的原始小舟。

船每晃动一次，那个戴红色睡帽的海盗就跟着左右摇摆。可是令人害怕的是，他的姿势和表情丝毫不为这猛烈的震动而改变。同样令人担心的是，随着船身每一次抖动，汉兹似乎更加不能支撑自己的身体。他瘫倒在甲板上，两脚不断地伸向外面，整个身体越来越移向船尾。他的面孔逐渐离开我的视线，最后除了他的耳朵和一绺蓬乱的络腮胡子，我什么也看不见了。

在这同时，我发现他俩周围的甲板上留有不少暗红的血迹，这使我相信他们是在酒醉狂怒时开始互相残杀的。

我正这样静静地看着，船突然不晃动了。伊斯雷尔·汉兹侧转过身来，发出一声低弱的呻吟，然后扭动身躯恢复到我刚才看到他时的姿势。这呻吟表示他处于痛苦和极度的虚弱中，望着他那张开的下巴，我不禁对他充满了同情。但一想起我躲在苹果桶里偷听到的那些话，我的怜悯之心顷刻之间化为乌有。

我走到主桅前停了下来。

“我上船来了，汉兹先生。”我讥讽地说。

他两眼无神地转动着，但已是极度疲乏，没有力气来表示惊奇了。他只吐出一句话:“白兰地!”

我明白必须抓紧时间。此时船帆的下桁再次侧向甲板,我身子一闪溜到船尾,经由升降口梯子向房舱跑去。

房舱里一片混乱,惨不忍睹。所有上了锁的地方都被撬开了,显然是为了找那张图。地板上全是厚厚一层烂泥,海盗们从宿营地四周的沼泽地跋涉过来后,曾坐在这里喝酒或开会。房舱的壁板曾被漆成雪白色,四周饰有金色珠缘,现在却留下了许多肮脏的手印。几十个空酒瓶随着船身动荡互相碰撞,在角落之间来回滚动。大夫的一本书摊开着放在桌上,其中有一半书页已被撕掉,估计是被吸烟的海盗做了点烟斗的纸吹用。在这乱成一团的房舱里,只有一盏被烟熏成茶褐色的灯还在发出幽暗的微光。

我跑进贮藏室,所有酒桶都不见了,遗弃在那里的空酒瓶数量却多得惊人。显然,自从哗变以来,海盗水手中没有一个人能保持清醒的头脑。

经过一番搜寻,我替汉兹找到了一只剩着少许白兰地的酒瓶,又替自己觅得一些面包干、一些泡渍的水果、一大把葡萄干和一块干酪。我拿着这些东西走到甲板上,把属于自己的部分放在舵柄后面副水手长拿不到的地方。然后我走到淡水桶边喝足了水,这才把白兰地递给汉兹。

他足足喝了四分之一品脱,方才让嘴离开瓶子。

“哦!”他说道,“我刚才就是想喝上两口!”

此时我已经坐在角落里开始吃东西。

“伤得怎么样?”我问道。

他咕噜了一声,然后又发出了一声狗叫。

“要是那大夫在船上,”他说,“我只要翻几个身就会好了。但我实在运气不佳,所以才弄成这个样子。至于那个坏家伙,他是死定了。"他指着戴红睡帽的同伙继续说,"他完全不像一个堂堂正正的水手。喂,你从哪里来的?"

"我是来接管这条船的,汉兹先生,"我说道,"在没有接到进一步指示之前,我就是你的船长。"

他酸溜溜地看了我一眼,但什么也没说。他面颊上已恢复了几分血色,可看上去还是很虚弱,依旧随着船的摇晃东倒西歪。

"还有,"我接着说,"我们不能挂这旗子。汉兹先生,如果你不反对,我要把它降下来。我宁可不挂旗子也不能挂它。"

然后我又避开主帆下桁,跑到升旗的绳索边,把那该死的海盗旗降了下来,扔到海里。

"国王万岁!"我挥动帽子喊道,"西尔弗船长见鬼去吧!"

汉兹一直耷拉着下巴,敏锐而狡猾地注视着我。

"看来,"他终于开口道,"霍金斯船长,你也想上岸去。我们不妨谈谈。"

"好啊,"我说,"我完全同意,汉兹先生。你说下去吧。"我回到原处继续大吃大喝。

"这家伙,"他向着身旁那具尸体点点头说,"他叫奥布赖恩,是个爱尔兰酒鬼。我们一起扯起风帆,想把船开回去。现在他死了,直挺挺地躺在那里,不可能活过来了。我不知道谁还会来驾船。没有我的指点,你是干不了这活儿的。你听我说,如果你给我弄点吃的来,再拿一条旧围巾或手帕把我的伤口包扎好,我就教你怎样驾船,这可是双方都不吃亏的公平交易。"

“我得告诉你，”我说，“我不想回到原来的锚地。我要把船驶往北海湾，把它静静地停在岸边。”

“好哇！”他叫道，“说到底，我也不是傻瓜。你以后想干什么，难道我不懂吗？我已经试过我的运气，结果输掉了。现在是你说了算。你要去北海湾吗？好吧，我听你的，反正去哪里都一样。哪怕你要我帮你把船开往海盗的刑场，我也照办。真他妈的没办法！”

我觉得他的话有几分道理，也就当场答应了他提的条件。几分钟后，我驾驶“希斯帕诺拉号”沿金银岛的海岸平稳地顺风行驶着，希望能在中午前绕过北面海岬，赶在涨潮前驶抵北海湾，趁潮高时安全冲上浅滩，退潮时再登陆上岸。

然后我束牢舵柄，跑到房舱，从箱子里找出一块母亲给我的丝手帕递给汉兹。在我的帮助下，汉兹用这手帕包扎好了大腿上仍流着血的伤口。他接着又吃了点东西，喝了几口白兰地。慢慢地，他的情况有了好转，身子比以前坐得更直，说话更清晰，嗓门也更高了。与以前相比，好像是换了一个人。

海风吹拂下，船行驶起来像一只轻盈的鸟儿，岛上的景物在我们眼前飞速闪过，每一分钟景色都有所不同。我们很快驶过高地，紧靠稀疏点缀着几棵矮松树的低沙地滑行。不一会儿，我们就驶出低沙地外，绕过了海岛最北端角上的一座山岩。

我对这新获得的指挥权很是满意。晴朗的天气和海岸不断变幻的景色更使我心旷神怡。我现在有足够的淡水和各种好吃的食品，原来由于不辞而别而感到的内疚也因这次伟大的胜利平抑下去了。现在只有一件事让我感到不如意：那就是汉兹那双总是带着讥讽目光的眼睛。他一直盯着我，无论我走到哪里,他目光就跟到哪里。他脸上还不时浮现出一种古怪的笑容。这是一个干瘪老头的微笑,在某种程度上反映出他的痛苦和无奈。但当他以狡诈的眼神看着我时,这里面还带着一点讥讽的意味,蒙着一层居心叵测的阴影。

第二十六章

伊斯雷尔·汉兹

这时,风完全按照我们的意志转为了西风,我们得以更容易地从海岛东北角驶入北海湾。不过,由于没有锚,而且要等潮水猛涨时才敢让船冲滩,我们浪费了很多时间。汉兹向我传授了怎样将船头朝着上风使其停下的方法。经过多次试验,我终于成功了。然后我们默默地坐下来,再次开始往肚子里填东西。

“船长,”他终于带着令人不安的微笑说,“我的老船友奥布赖恩的尸体还停放在船上,你还是把他扔到大海里去吧。我通常对此并不忌讳,也并不因为杀死他而自责。我只是觉得,把他留在船上并不雅观,你说是不是?”

“我没有那么大力气,也不愿干这事。我看还是让他躺在那里吧。”我说。

“‘希斯帕诺拉号’真是一条不吉利的船,吉姆,”他挤了挤眼睛说,“许多人都死在这条船上。自从它驶离布里斯托尔以来,许多水手死的死,逃的逃,真是可怜。我从未见过这么多人一起倒霉。就拿躺在这里的奥布赖恩来说,他不是也死了吗?我是一个不识字的粗人,你是能写会算的孩子,你能告诉我:人死了以后还能复活吗?”

“你能消灭一个人的肉体，却不能消灭他的灵魂，这个道理我想你应该是知道的，”我回答说，“奥布赖恩已经到了另外一个世界，也许他正在那里注视着我们呢。”

“唉！”他说道，“真没劲，看来杀人完全是浪费时间。不过，我认为灵魂并不重要。不信我们走着瞧。吉姆，你已经讲了你的看法。现在我想求你做一件事：请你到房舱里去拿——拿——该死的，我竟想不起那东西叫什么名字。哦，对了，你替我拿一瓶葡萄酒来。这白兰地酒精含量太高，我昏沉沉的，不敢再喝了。”

汉兹讲话时吞吞吐吐，似乎很不自然。至于他说宁愿喝葡萄酒而不喝白兰地，我根本不相信。这完全是他找的一种借口。显然，他是要把我从甲板上支走，但其用意何在，我却怎么也想象不出来。他的眼光总是在回避我，时而东张西望，左顾右盼；时而上下转动，一会儿看看天，一会儿瞟瞟奥布赖恩的尸体。不过他始终保持着微笑，有时还伸出舌头做出抱歉和不好意思的样子，连三岁小孩也看得出他是在搞阴谋诡计。我仍爽快地答应了他的要求，因为知道自己能稳操胜券。对付这样一个笨蛋，我很容易把对他的怀疑隐藏起来。

“你要葡萄酒，是不是？”我问道，“好哇，你是要白葡萄酒，还是红葡萄酒？”

“随便哪一种都行，伙计，”他回答道，“只要浓一点，多一点就可以了。”

“那好，”我说，“我去替你拿红葡萄酒，汉兹先生。不过我得去找一找。”

于是，我跑步走下升降口，有意制造了很大的响声。然后我脱掉鞋子，悄悄穿过走廊，登上前甲板梯子，把头伸出前舱房升降口。我料到他不会知道我藏在这里，不过我还是小心翼翼，以防被发觉。果不出所料，我的怀疑完全得到了证实。

伊斯雷尔用手脚支撑着在甲板上爬行。尽管移动时他腿上的伤疼痛难忍——因为我听得见他发出的一种低沉的呻吟——他仍以极快的速度在前进。半分钟内，他已到达左舷排水孔旁边，从一堆绳子中摸出一把长柄小刀，或者说是一把短剑，刀柄上仍沾有血迹。他伸出下巴端详了一会儿，用手试了试刀锋，接着连忙把刀藏在怀里，迅速爬回原来的位置。

我所知道的就是这些：伊斯雷尔能爬行移动；他怀里藏有利器；既然他费尽心思把我支开，那我就是他下一个要杀的人。至于他杀死我以后会怎么样，是从北海湾爬行穿越海岛回到沼泽地旁的宿营地呢，还是鸣炮通知他的同伙前来救他，我就不得而知了。

可是在有一点上我可以相信他，那就是：在如何处理“希斯帕诺拉号”的问题上，我们的利益是一致的。我们都希望让它搁浅在一个安全避风的地方。时机成熟时，就可以轻而易举地把船再开出去。这件事情未做完之前，我的生命是有保障的。

我的头脑在思考着应急方案时，身子并没有停止运动。我已偷偷回到房舱，重新穿上鞋子，随手拿了一瓶葡萄酒，以此为由跑回到甲板上。

汉兹仍躺在原地，连躺的姿势也和我离开前一样：全身缩成一团，眼皮下垂，似乎虚弱得怕见阳光。当我走近他时，他却抬起头，以熟练的动作敲开了瓶口，照例说了一句平时他最喜欢用的祝酒词“万事如意!”，随后咕嘟咕嘟喝了个痛快。他静静地躺了一会儿,又掏出一根烟草,恳求我切下一片供他咀嚼。

“替我切下一片来,”他说,“我没有刀子,即使有刀子也没力气。唉,吉姆,我是彻底完了!给我切一片吧,这大概是我嚼的最后一口烟了。我敢肯定,我快要死了。”

“好吧,”我说,“我答应你的要求。不过我要是你,觉得自己快不行了,我一定要像一名基督徒那样做祷告忏悔。”

“为什么要这样?”他问道,“我有什么可忏悔的?”

“你没有可忏悔的事吗?”我大声问道,“你刚才还在问我,人死了会怎么样。你已背弃信仰,犯了很多罪,撒了很多谎,身上沾满了血污。就在此刻,被你杀死的那个人仍躺在你旁边,你却说没有什么可忏悔的。求上帝饶恕你吧,汉兹先生,这是你必须做的事。”

我想起了他藏在怀里的那把沾有血迹的短剑和他暗藏的祸心,不觉情绪有些激动。而他则猛喝了一大口葡萄酒,然后用异乎寻常的正经语调回答道:

“三十年来,我一直在海上航行。好的、坏的,善的、恶的,风平浪静、大风大浪,断粮食、拼刀子,什么都见过。然而,我至今不曾见过做了好事的人得到过什么好的回报。我的主张是先下手为强,后下手遭殃。我历来认为死人不咬活人。确实如此,不信你看甲板上躺着的那个人。”突然他改变语气说道:“我们已经扯得太远了。潮水涨起来了。听我的指挥,霍金斯船长,我们赶快把船驶进港湾。”

其实船只要再行驶两英里就可以上岸,但航行起来却十分困难。这个北海湾的入口又窄又浅,而且弯弯曲曲,必须有高超的驾驶技术才能把船开进去。我认为我是个得力的助手,而汉兹则是个出色的领航员。我们东躲西闪,左拐右绕,越过一处处浅滩,船走得十分灵巧准确,看上去令人赏心悦目。

我们的船刚刚通过岬口,就被长满矮树丛的沙滩包围了。北海湾海岸和南面锚地沿岸均生长着茂密的树林,但面积更为狭长,看上去像一个弯曲的河口。在我们正前方南端,有一艘破损不堪的沉船的残骸。这是一艘很大的三桅帆船,经过多年风吹雨打,船身已长满蜘蛛网似挂着水珠的海草、岸上的植物已在甲板上扎根,正盛开着鲜艳的花朵。这是一幅凄凉的景象,同时也表明在这里停泊将十分安全。

"瞧,"汉兹说,"从那里冲上岸滩最合适。那里的沙地那么平坦,四周全是树林,那条破船上的花开得像花园里的一样。"

"可是船上岸以后我们怎样才能使它再离岸呢?"我问道。

"这简单,"他回答道,"你趁着退潮时,拉一根绳子到对岸去,把绳子的一端绕在一棵大松树上,然后再拉回来绕在绞盘上。接下来你只需静等涨潮。等潮水涨高时,大家一起转动绞盘,船就会自然而然地离岸而去。喂,吉姆,准备好,我们已靠近沙滩,这船走得太快了。右转舵——对了——把稳——再向右一点——向左偏一点——对了——把稳舵——把稳。"

他如此发布命令,我则屏着呼吸,不折不扣地执行着。突然,他大声喊道:

"快,我的宝贝,逆风行驶!"

于是,我使劲转舵,调转船头冲向长满低矮树丛的沙滩。

在这之前,我对于汉兹一直保持着高度警惕,然而刚才所做的这一连串冲滩动作使我非常兴奋,以至于放松了对他的注意。我甚至对船和沙地的接触表现出浓厚兴趣,伸长脖子,靠在右舷壁上观看船头下翻卷的细浪,完全忘记了悬在头上的危险。要不是我突然感到一种不安并及时回头望去,也许我这条命早就完蛋了。也许我听到了一种嘎吱嘎吱的声音,也许从眼梢里看见了他移动的影子,也许是出于一种动物的本能;总之,当我回过头时,汉兹已经走了一半路程,右手握着那把短剑即将向我扑来。

当我们目光相遇时,两人都高声叫了起来。如果说我发出的是恐怖的尖叫,他的叫声则酷似一头被激怒的公牛在进攻时发出的怒吼。就在这一刹那,他猛然向我扑来,我立刻侧身跳向船头。舵柄从我手中松脱并向反方向弹回去,大概正是这一下救了我的命:舵柄弹在汉兹胸部,使他一下晕了过去,不能动弹。

等他回过神来时,我已逃出了他设计好的圈套,可以在整个甲板上与他周旋。我在主桅前停了下来,从衣袋里掏出一支手枪。尽管汉兹已经转过身并再次向我扑来,我仍镇定自若地在瞄准后再次扣动扳机。撞针已经落下,但枪机里既没有火光发出也没有声响。原来引爆的火药已经被海水浸湿了。我责备自己不该如此疏忽大意。如果我事先把唯一的武器重新装上弹药,就不至于像现在这样仅仅是一只在屠夫面前东躲西藏的小绵羊了。

汉兹虽已受伤,行动起来却十分敏捷。他一头斑白的头发飘散在那因气急败坏而涨得通红的脸前。我没有时间再试我的第二支手枪,其实也不想试,因为我断定它肯定也打不响。不过有一点我看得很清楚,那就是,我不能在他面前步步后退，那样会把我困在船头，就像刚才几乎把我困在船尾一样。如果被他捉住，那把十英寸长的血迹斑斑的短剑就将是我今生今世的最后体验了。我双手抱着主桅静静地等着，每一根神经都绷得紧紧的。

汉兹见我想用躲闪的方法来对付他，也就停了下来。有好几次他假装要冲过来抓我，我也跟着他做相应的动作。我曾在家乡黑山湾附近的岩石上经常玩这种游戏，不过那时不会像现在这样心跳得那么厉害。我想，在这场小孩子玩的游戏中，我是不会输给一位上了年纪、大腿又受了伤的老水手的。我勇气倍增，甚至产生了几分乐观的想法。不过，虽然我断定自己能长期与之周旋，仍看不到最终逃生的任何希望。

正当我们处于僵持状况，“希斯帕诺拉号”船身突然发生剧烈抖动，船底擦着沙地顷刻间就冲上沙滩。此后，船迅速向左舷倾斜，甲板呈四十五度角竖起，约有一百加仑海水从排水孔涌入，在甲板和舷墙之间形成了一个水池。

转眼间，我们的身体失去平衡，两人几乎同时滚向排水孔。戴红色睡帽的死人也伸出双臂，僵硬地跟在我们身后打滚。我和汉兹挨得太近，我的头撞在他的脚上，差点把牙齿都碰掉了。我忍着疼痛从甲板上站立起来，而汉兹则和尸体缠在了一起。船身的突然倾斜使甲板上已无躲闪余地，我必须想出新的逃生办法，并且一秒钟也不能耽误。因为我的敌人马上就要抓住我了。说时迟，那时快，我纵身跃向后桅支索的软梯，手脚并用急速向上攀登，一口气爬上桅杆顶部，稳稳当当坐在桅顶横桁上。

我全靠动作敏捷才得以逃生。就在我往上爬时，他的短剑刺中了离我脚下不到半英尺的地方。伊斯雷尔·汉兹张大了嘴，仰面站在甲板上，酷似一尊惊愕和懊丧的雕像。

现在我有了喘息的时间，便立刻往手枪里重新装填弹药。装好一支手枪后，为了保险起见，我又把另一支枪也重新装上弹药。

我这一新举动大大出乎汉兹的预料，他开始意识到形势对他不利。经过一番犹豫，他费力地扶住软梯，口衔短剑，忍痛缓缓地向上攀缘。由于拖着一条受伤的腿，他爬得非常慢，不时发出痛苦的呻吟。他爬到三分之一路程时，我已把两支手枪的弹药重新装填好了。于是，我两手各执一支手枪，开始向他喊话：

"汉兹先生，如果你再往上爬一步，我就把你的脑袋打开花！你不是说过吗，死人是不咬活人的。"我讥笑道。

他立刻停下来。根据他的面部表情，我能看出他正在想对策。他想得那么慢，那么费劲，我仗着处在新的安全地位，不禁放声大笑。最后他咽了几口唾沫才开口说话，脸上仍然带着极度困惑的表情。为了说话，他取下了口中的短剑，身体其他部分仍保持原来的姿势。

"吉姆，"他说，"看来我们都搞了很多小动作，我们讲和吧。要不是船体突然倾斜，我早就把你杀死了。可是我的运气不好，真的不好，我只好投降了。一个老水手在你这样一个刚上船没几天的娃娃面前服输，心里的滋味是不好受的，你说是不是？"

我被他刚才所说的一番话冲昏了头脑，像一只飞上围墙的公鸡，脸上露出了骄傲的微笑。忽然，他右手向后一挥，一件东西在空中发出嗖的一声，像箭一样飞来。我感到被打了一下，接着是一阵剧烈的疼痛，一只肩膀竟被钉在了桅杆上。就在这钻心的剧痛和大吃一惊的顷刻间，我的两支手枪同时开火,一同从手中掉了下去。我不敢说自己是不是凭着毅力扣动了扳机,但能肯定的是当时并没有刻意瞄准。不过,掉下去的不只是两支手枪,随着一声怪叫,汉兹松开了他紧握软梯的手,头朝下扎入了大海。

第二十七章

“八个里亚尔！”

由于船身倾斜，船上的桅杆也远远地伸出在水面上方。我从桅顶横桁上往下望去，只见到一小片海水。汉兹刚才爬得并不高，他跌落的地方离船较近，位于我和舷墙之间的海水里。他曾一度从鲜血染红的泡沫中浮起来，随后就永远沉下去了。海水恢复平静后，我看见他全身缩成一团，躺在船身侧影覆盖下的明净水底，几条鱼正从他身边悄然游过。有时由于海水的波动，他似乎也在动，好像想再次浮出水面。但他确实是死了，不但挨了枪子，还溺水身亡。他本想把我干掉，不料自己却葬身海底，成了鱼儿的食饵。

我刚刚确定了他的死亡，便开始感到全身乏力，头晕目眩，异常恐慌。热血顺着胸部和背部往下淌。把我钉在桅杆上的短剑像烧红的烙铁压在肩膀上。然而，造成我恐慌的倒不是皮肉之苦，这点痛苦，我完全可以一声不吭地挺过去，我怕的是从桅顶横桁上坠入碧蓝的海中，与汉兹的尸体为伴。

我用双手紧紧抓住横桁，最终连手指的疼痛也顾不上了。我闭上眼睛，以为这样危险就不存在。渐渐地，我的心恢复了平静，脉搏跳动也正常起来，再次有了自信心。

我的第一个念头就是想把短剑拔出来，但也许它扎得太深，或者也许我力不从心，我打了一个寒战就松手了。说也奇怪，我的这一剧烈抖动却起到了意想不到的作用。原来那把刀子只穿透了我的一层皮，我一抖动就把这层皮撕下来了。尽管血流得比刚才更厉害了，我的外衣和衬衫仍被钉在桅杆上，我却可以自由活动身体了。

我猛地一扯，把外衣和衬衫也从桅杆上挣脱掉，然后顺着右舷软梯回到甲板上。此时的我，由于饱受惊吓，再也不敢冒险从垂在船外的左舷软梯下去，伊斯雷尔刚才就是从那里掉入大海的。

我到房舱里设法处理了一下伤口。我的肩火辣辣地疼，血也在不停地流，但创口并不深，也没有什么大的危险，胳膊仍能自由转动。我向四周望了望，这艘船可以说是属于我的了。因此我开始考虑清除它的最后一名乘客——死去的奥布赖恩。

如我前面所说，他滚到了舷墙一边，躺在那里，看似一个可怕而丑恶的木偶人，尽管身材如同真人般大小，却丝毫没有真人一样的血色和生气。我要处置陷入这种状况的人十分容易。由于历经悲惨的冒险，我对尸体的恐惧已经荡然无存。于是，我抓住奥布赖恩腰部，像提一袋麸皮那样把他举过头顶用力抛向船外。只听他扑通一声落入水中，那顶红色睡帽从头上掉下，浮在水面上。水变清澈以后，我看见他和伊斯雷尔并排躺着，两人都随着海水的流动而轻微晃动。奥布赖恩虽然年龄不大，却已秃顶。他那光秃秃的头横躺在杀死他的那个人的膝盖上，有一群鱼正在他俩尸体旁边快速地游来游去。

船上只剩下我一个人，潮水开始回落。太阳逐渐西沉，西岸上的松树影子越过水面，把疏密有致的花纹映在甲板上。晚风已起，尽管有双峰小山作为挡风的屏障,船上的索具还是呜呜地发出声响,闲着的帆也开始啪哒啪哒来回晃动。

我渐渐看出帆船正面临危险,于是迅速卸落三角帆,把它扔到甲板上。然而我在卸主帆时遇到了麻烦。帆船倾侧时,主帆下桁也随之抛出船外,桅帽以及两英尺左右的帆布坠入水中,这对帆船造成了很大的危险。但帆篷绷得很紧,我几乎不敢动手。最后,我终于掏出水手刀割断了升降索。桁端的帆角立刻落下,一大卷松弛的帆布浮在了水面上。然而,我无论怎样用力,也拉不动收帆索,只好放弃努力。现在,“希斯帕诺拉号”只能像我一样,听天由命了。

这时,整个锚地已经被落日余晖笼罩着。我仍记得夕阳最后的光线从树林间隙处射出,把破船残骸上长出的鲜花映照得像嵌在斗篷上的宝石那样闪闪发光。天气渐渐转冷,潮水哗哗地向大海退去,“希斯帕诺拉号”越来越倾斜,眼看就要与水面垂直。

我爬到船头往外一看,水已经很浅了。为了安全起见,我用双手握住那已割断的锚索,小心翼翼地从船上跳到水里。海水仅齐我腰部,水下的沙地很坚实,海水冲刷后留下的痕迹仍清晰可辨。我精神饱满地涉水上岸,“希斯帕诺拉号”则倒向一边,在海湾水面上张开了它的主帆。几乎就在同时,太阳已完全西沉。暮色降临,摇曳的松树林中可以听到晚风的低吟。

我总算离开海面,回到陆上,而且并非空手而归。船上的海盗已经被消灭,现在“希斯帕诺拉号”正横躺在锚地,静等我们的人再将它驶向大海。我很想马上赶回木寨,把所取得的成绩炫耀一番。我也许会因擅离岗位而受到谴责,但是“希斯帕诺拉号”的失而复得将是最有说服力的声辩。我想，即使斯莫利特船长也会承认我并没有浪费时间。

想到这里，我十分高兴，转身就朝着木寨和我的同伴所在的方向走去。我记得流入基德船长锚地的几条河流中最东的一条发源于左边的双峰山。于是，我便折向那座小山，希望能在源头水浅的地方涉水过河。这里树林十分开阔，我沿着较低的山坡行走，不久就转过山脚，来到河边，蹚水涉过了仅有小腿肚深的小河。

渡河以后，我已靠近曾与被放逐孤岛的本·冈恩相遇的地方。于是我走得格外谨慎，两眼随时注意四周的情况。天色几乎已经全黑。我通过双峰之间的缺口时，发现远方有一处摇曳不定的火光。我猜想一定是那岛中人在烧着一堆旺火做晚饭。然而，我又暗自纳闷：这人怎么可能毫无顾忌地暴露自己呢？既然我能看见这火光，难道住在岸边沼泽地里的西尔弗就看不见吗？

夜幕降临，四周变得一片漆黑。我只能朝着目的地摸索前进。身后的双峰山和右边的西贝格拉斯山逐渐模糊起来，天空的星辰稀疏又暗淡。我奔走在低地上，时常被灌木绊倒，滚入沙坑。

突然，我的四周被照亮了。我抬头仰望，但见朦胧淡白的月光已爬上西贝格拉斯山顶。随后，我看见一个硕大的银盘从树木背后很低的地方冉冉升起，便知道月亮出来了。

借着月光的帮助，我急于往前赶路，连走带跑向木寨方向靠近。不过，踏进栅栏外围的树林时，我不敢再冒进，而是放慢脚步，谨慎前进。万一我被自己人误会击中，那这次惊险历程的结局就太令人惋惜了。

月亮越升越高，透过树林的开阔地洒下一片清辉。但在我正前方的树林中，却出现了色彩与此不同的点点亮光。这是一种红色的热光，不时变得较为暗淡，好像是未燃烧完的篝火在冒烟。

这到底是怎么回事，我一时找不到答案。

我终于来到木寨所在的林中空地边上。靠西的一边已被月光笼罩，其余部分，包括木屋在内仍是黑糊糊的，但也被一道道狭长的银光织成许多黑白相间的方格子。木屋另一边，一大堆篝火已经烧成灰烬，射出通红的反光，与柔和恬淡的月光形成鲜明对比。四周一片寂静，除了风声，还是风声。

我带着满脑子疑问停了下来，心里还有些恐慌。我们向来不烧篝火。实际上，根据船长的命令，我们非常节约柴火，不可能这么铺张浪费。因此我怀疑在我离开木屋后一定发生了什么事情。

我从东面偷偷绕过去，始终隐蔽在阴影中，然后选择一处最黑暗的地方越过了木栅。

为了确保安全，我匍匐而行，静悄悄地向着木屋一角爬去。接近木屋时，我悬着的心一下子落了地。鼾声并不好听，我以前非常讨厌别人打呼噜，但现在听到朋友们在睡梦中发出这样响亮而安定的鼾声，简直就像听到悦耳的音乐。从前在航海时守夜者发出的“平安无事”的喊声固然优美动听，可还是比不上此时灌入我耳中的此起彼伏的鼾声令人安心。

不过，有一点显而易见：他们的警卫工作做得太疏忽了。如果此时西尔弗和他的同伙前来偷袭，木屋里的人没有一个能活到天亮。我猜这可能是船长受了伤造成的。想到这里我又一次痛责自己，不该擅离职守，使他们陷于派不出岗哨的危险境地。

我爬到门口，站立起来。屋里一片漆黑，伸手不见五指。除了不绝于耳的鼾声，我还听到另外的轻微响动，像是什么东西在扑翼或啄食，不过无法辨认它究竟是什么。

我两手在前摸索着一步步走进木屋，打算躺在自己原来的铺位上。此时我心中暗自发笑，准备明晨看见他们时，欣赏他们惊讶的面容。

我的脚碰到了一个软绵绵的东西，那是一个酣睡者的腿。他转过身嘟哝了一句，并未醒来。

突然，黑暗中响起了一个尖锐的声音。

“八个里亚尔！八个里亚尔！八个里亚尔！八个里亚尔！”这声音一直叫着，既不停下来，也不变换花样，好像一架小风车没完没了地转个不停。

原来这是西尔弗的绿鹦鹉！我刚才听到的啄树皮的声音就是它发出的。它在执行警戒任务时比人类还要认真，正在用这喋喋不休的重复句向主人发出警报。

我还来不及从震惊中恢复镇定，熟睡的人已被鹦鹉刺耳的叫声惊醒，纷纷一跃而起。只听西尔弗骂了一句，然后厉声问道：

“什么人？”

我转身想逃，却猛然撞在一个人身上，刚退回来，又倒在另一个人怀里。那人两手一合，立刻把我紧紧抱住。

“快点上火把，狄克。”西尔弗吩咐道，此时我已不能动弹了。

于是，有人跑出木屋，很快带了一支点着的火把回来。

第六部　西尔弗船长

第二十八章

身陷敌营

火把的红光照亮了木屋每一个角落，让我心中最担心的事情呈现在眼前。海盗已占据木屋并把所有物资抢到了手。装有白兰地的酒桶、猪肉和面包干都在老地方放着，屋里却不见一名俘虏，这使我倍加恐慌。我只能断定我的朋友们都被杀害了。我为自己未能与他们一同赴难而十分内疚。

屋里的海盗总共只有六个，此外再也没有别的人。其中有五个已经站立起来，他们满脸通红，眼神呆滞，显然在睡前喝了许多酒。第六个海盗用胳膊肘撑着身子刚坐起来，面孔呈死灰色，缠在头上的血迹斑斑的绷带足以说明他新近受伤，刚刚被包扎好。我仍记得昨天他们大举进攻时有一个海盗被击中后逃回树林的情景，这人肯定是他。

那鹦鹉站在高个子约翰肩上，用嘴梳理着自己的羽毛。至于西尔弗本人，我看他的脸色似乎比以前更为苍白、严肃。他仍穿着上次前来谈判时那件漂亮的绒面呢礼服，但上面蹭了不少泥土，还被带刺的灌木扯破了好几处，已经完全没有了从前的风度。

“噢，”他说，“原来是吉姆·霍金斯。好哇！欢迎光临！请进。”

他坐在装有白兰地的酒桶上，开始往烟斗里装烟。

“狄克，把火把递给我。”他说。在点着烟斗后，他又说：“行了，伙计，把火把插在柴堆上面。你们大家都坐下，不必站起来陪霍金斯先生，他是不会在意虚礼的，你们放心好了。我说，吉姆，”他把烟斗从嘴边移开，“你终于来了，这真使我老约翰喜出望外。我第一次见到你时，就看出你这人很机灵。但你为什么到我这里来，我却弄不明白。”

对他的问话，我当然拒绝回答。他们让我背靠墙壁站立，我两眼注视着西尔弗，表面上毫无畏惧，内心里却极度绝望。

西尔弗很悠闲地吸了几口烟，然后继续滔滔不绝地发表他的意见。

“吉姆，你既然来到这里，”他说，“我就把心里话告诉你吧。我一向喜欢你，因为你是一个有胆识的小伙子，长得英俊可爱，酷似年轻时代的我。我始终想让你加入我们这边，得了财宝分一份给你，终身享尽荣华富贵。现在你到底来了，我的孩子。斯莫利特船长是一个好海员，我永远承认这一点，但他执法太严。他常说：‘要尽守职责。’这话的确有道理。你却一走了之，撇下他不管。大夫对你也非常生气，骂你是‘忘恩负义的小流氓’。总而言之，你已经不可能回到他们那里，因为他们已不要你了。除非你自立一派，孤零零地一个人行动，否则只好加入我们的队伍。”

我总算知道了我的朋友们都还活着。虽然我对西尔弗所说的有些话有几分相信，比如他所说的大夫对我的擅自出走极为恼火，但我并不感到难过，反而内心十分宽慰。

“我并不想提醒你，你已落入我们手中，”西尔弗继续说，“尽管你自己明白。相信我吧，我从来都是讲道理的，知道强扭的瓜不甜。如果你愿意和我们一起干，就加入进来；如果你不想干，不妨直说。我决不勉强你。世上再也没有谁能说出比这更公道的话了。”

“我必须回答你的问题吗?”我用颤抖的声音问道。听了西尔弗这番颇有讽刺意味的话,我感到死亡的威胁正在逼来。我面颊发烧,心跳得很厉害。

“孩子,”西尔弗说,“没有人强迫你。你仔细想想吧。我们谁也不催你。你和我们相处总是会很愉快的。”

“好吧,”我渐渐镇定下来了,“如果要我选择,我得首先弄明白:这里发生了什么事情?你们是怎么到这里来的?我的朋友到哪里去了?”

“你想知道发生了什么事情吗?”一个海盗很不情愿地说,“鬼知道发生了什么事情。”

“没有问你时,还是闭上你的嘴巴吧!”西尔弗恶狠狠地喝住那主动开口说话的海盗。随后他又用最初那柔和的声调对我说:“昨天上午,霍金斯先生,利夫西大夫打着一面白旗来找我们。他说:‘西尔弗船长,你们被出卖了。帆船已经开走了。’是的,也许当时我们正在唱歌喝酒,我对此不必讳言。总之,我们谁也没有发觉。等我们跑出去一看,那船早已不见踪影。当时大家都目瞪口呆,傻了眼。我从未见过这样的蠢相。大夫说:‘我们讲和吧。’于是,我和他谈妥了和解的条件。我们到木屋来,所有补给品,白兰地,以及你们费尽艰辛采来的木柴,一句话,这屋里所有的一切统统归我们所有。至于他们,反正已不在这里,不知漂泊到什么地方去了。”

他又悠闲地吸了几口烟。

“你应该记住,”他接着说,“我们在谈判时提到过你。我可以把当时的最后几句话告诉你。‘你们一共几个人离开?’我问道。‘四个人,’他说,

‘其中一个是伤员。至于那个孩子，我不知道他到哪里去了。让他见鬼去吧。我不想管他了。大家一提起他就生气。’这是大夫的原话。”

“就这些吗？”我问道。

“能让你知道的就是这些，我的孩子。”西尔弗答道。

“我必须现在做出选择吗？”

“你必须做出选择，不能再拖了。”西尔弗说。

“好吧，”我说，“我不至于蠢到不知道怎么办。不管你们怎么对待我，我都不在乎。自从遇见你们后，我已看到太多人死去。不过，我有几件事要告诉你们。”这时的我十分激动。“首先，你们现在的处境很不妙：财宝没找到反而丢了船，死了人，落得人财两空。如果你们想知道是谁给你们带来了霉运，告诉你们吧，是我！是我在望见陆地的那天晚上，躲在苹果桶里听见了你们的谈话，并且把你——约翰，还有你——狄克·约翰逊和现已葬身海底的汉兹之间所谈的每一句话报告了船长。至于那条船，是我割断了锚索，杀死你们留守在船上的人，把船带到了你们中任何人都不知道的地方。我很高兴，很想开怀大笑，因为这件事从一开始我就稳操胜券。你们在我眼中不过是一只苍蝇，我并不怕你们。要杀要剐，随你们的便。不过，我还是有一句话要说，只说一句话：如果你们把我放掉，我可以在将来帮你们一把。当你们因海盗罪受到审判时，我将出庭请求饶你们不死。现在该轮到你们做出选择了：要么再杀一个人——这对你们毫无好处；要么把我放掉，留下我做你们的证人，使你们将来免上绞架。”

我停下来歇了一会儿，因为我已经喘不过气来。使我感到奇怪的是，他们中没有一个人挪动身体，大家都像温顺的绵羊一样坐在原地，注视着我。

趁他们这样望着我，我继续说：

“西尔弗先生，我相信你是你们一伙中最有头脑的人。万一我死了，烦请你把我死时的情形告诉利夫西大夫。”

“我定当牢记不忘。”西尔弗说这句话时语调令人费解，他是在讥笑我呢，还是被我的勇气所打动了，我不得而知。

“我想补充一句，”一名面色像红木的老水手说，他的名字叫摩根，我曾在布里斯托尔码头上高个子约翰的酒店看见过他，“当初是他认出了黑狗。”

“听我说，”厨师接着说，“我也要补充一句。就是这小孩从比尔·博恩斯那里偷走了地图。我们完全被他愚弄了！”

“那就把他杀了！”摩根恶狠狠地说。

他跳起来拔出刀时，好像变成了一个只有二十岁的年轻人。

“住手！”西尔弗大声喝道，“你以为你是谁，汤姆·摩根？你想当这里的船长，是不是？我必须好好教训教训你。你如果敢与我作对，我就要你遭到与我三十年来所杀的人同样的命运——要么被吊死在帆桁端，要么被扔到大海喂鱼。与我作对的人从来不会有好下场。汤姆·摩根，我可不是说着玩的。”

摩根变得老实些了，其余几个人却不怎么服气。

“汤姆没有错。”有人说道。

“我已经受够了摆布，”另一人接着说，“如果我再让你牵着鼻子走，我宁愿死去。”

“你们中是不是有人想造反？”西尔弗怒吼道。他离开酒桶，屈身向前，手上的烟斗仍在燃烧着。"想干什么你们就说出来吧,不要躲躲闪闪。想造反的站出来。我已活了这么大岁数,难道到了晚年还要听任你们这些酒囊饭袋在我面前耍威风?你们自称是冒险君子,应该懂得干这一行的规矩。我已准备好了,有种的拔出弯刀来与我见个高低。我虽然拄着拐杖,却能在一斗烟烧光之前,看到他的五脏是什么颜色。"

没有一个人动一动,也没有一个人应答。

"你们就是这样表现的吗?"他又说了一句,把烟斗重新含到嘴里,"看你们那副模样!一旦要动真格就没用了。你们难道连我说的标准英语都听不懂了吗?我是你们选出来的船长。我之所以能够当船长,是因为我比你们高明得多。你们既然不敢像冒险君子那样跟我决斗,那就只能服从我,照我说的去做。我喜欢这个孩子,从未见过比这更好的孩子。他比你们中的任何人都更有男子气。我倒要看看谁敢碰他一根毫毛。"

接着是长时间的沉默。我挺直身体,背墙而立,心扑通扑通地跳动,但脑海中已闪出一线希望。西尔弗叉着双臂,身子靠在墙上,嘴角斜叼烟斗,就像教堂的牧师一样镇静。他眼珠子不停地转动,眼睛始终监视着这群不服管教的同伙。海盗们已逐渐退到木屋另一端,他们的窃窃私语像汩汩流水那样不停地传入我耳中。他们还不时抬头朝我们这边窥视,火把的红光往往在他们抬头那一刻照亮了紧张不安的面孔。但是他们的视线所向不是我,而是西尔弗。

"你们似乎有什么话要说,"西尔弗张开嘴向空中远远地吐了一口痰,"讲出来让我听听,要不就闭嘴。"

"恕我直言,先生,"其中一个海盗回答道,"你对我们这一行有些规则根本就没有认真遵守,也许你对另一些规则却十分看重。大家都对你有意见。我们可不是好欺的。我们也有和其他船上的水手一样的权利。按照你自己定下的规矩,我们是可以聚在一起交谈的。关于这一点,我想你不会否认。我仍然承认你是我们的船长,但是我要行使我的权利,到外面去和大伙商议一下。"

这个身长貌丑、年约三十五岁、长着一双黄眼睛的家伙向西尔弗行了一个很标准的水手礼,然后镇定自若地走到了屋外。其他人也学着他的样子,向屋外走去。每一个人在从西尔弗面前走过时都举手行礼,表示一番歉意。"这是照规矩办事。"有人说。"我们要开会商量一下。"摩根说。就这样你一句,我一言,海盗们纷纷走了出去,屋里只剩下火光照耀下的西尔弗和我。

这位海上厨师立刻放下了他的烟斗。

"你听我说,吉姆·霍金斯,"他说话时虽然神情从容,但声音很小,只能勉强听得见,"你恐怕要遭大难了,更为可怕的是,他们不会让你痛痛快快地死,你恐怕还要受酷刑。他们正策划把我推翻。不过,你也看到了,我不顾一切地在保护你。我本来并不想这样做,是你那番话打动了我。一想到寻宝无望,还要被送上断头台,我的确绝望过。但我觉得你这个人可以信赖,因此我对自己说:'约翰,你帮一下霍金斯吧,将来霍金斯也会帮你。你是唯一能帮他的人,他也是以后唯一能帮你的人。大家相依为命,互相依靠。今天你搭救他的性命,明天他可以作为证人帮你甩掉套在脖子上的绞索!"

我开始渐渐明白他的意思。

"你的意思是你已经承认失败?"我问道。

“是的，我已经把一切都输光了，老天可以作证！”他回答道，“船被你弄走了，脖子也保不住了，我还有什么本钱？当我向海湾望去，再也见不到我们的船，我就知道一切都完了，尽管我是一个很刚强的人。至于那帮正在开会的家伙，他们商量不出什么办法。你放心，他们都是十足的笨蛋和胆小鬼。我一定尽全力从他们手中把你救出来。不过，你听我说，吉姆，你可要以德报德，到时候你也得帮高个子约翰一把，让他免受绞刑。”

我简直不敢相信自己的耳朵。他是一个老海盗，是叛逆水手的首领，这是人皆共知的事实，因此他所提出的请求希望非常渺茫。

“我尽力而为，能做的一定做到。”我说。

“那我们就谈妥了！”高个子约翰显得十分高兴，“你讲的话像个男子汉。他妈的！我又有一线希望了。”

他拄着拐杖走到插在柴堆上的火把旁，重新点燃烟斗。

“相信我吧，吉姆，”西尔弗说，“我不是傻瓜。我现在站到你们这一边了。我知道你把船藏到一个安全的地方。我虽然不知道你是怎样把它弄走的，但船一定安然无恙。汉兹和奥布赖恩头脑简单，我对他们从不信任。你听我说，我不想多问，也不喜欢别人向我提问题。我知道这次输定了，也知道你十分聪慧。有你这样的少年英雄和我在一起，我们一定能干出一番名堂！”

他从酒桶里往杯里倒了一些白兰地。

“你要不要尝一尝，吉姆？”他问道。

我谢绝了。

“那我就自斟自饮了。我得喝一杯提提精神，要处理的麻烦事太多。

说起麻烦事，我想问你，吉姆，为什么大夫把那张地图交给了我？”

我脸上露出了一种诧异的神情，他明白没有必要再问下去了。

“他真的把图交给了我，”西尔弗说，“这其中肯定有原因，毫无疑问，只不过我不知道是好事还是坏事。”

他接着又喝了一大口白兰地，摇了摇他那硕大的头，似乎有什么祸事即将临头。

第二十九章

又是黑券

海盗们商量了半天，然后派了一个人回到屋里。来人照以前的样子再次向西尔弗行了个礼（这在我看来颇具讽刺意味），要求暂时借用一下火把。西尔弗爽快地答应了，这位使者便又退了出去，把我们留在一片黑暗中。

“一场冲突看来无法避免。”西尔弗说。这时，他对我已经变得十分亲切友好。

我走到离我最近的一个枪眼旁向外张望。一大堆篝火的余烬已近熄灭，正发出微弱幽暗的火光，我这才明白这些反叛者为何要借火把，他们正聚集在木屋与栅栏之间的斜坡上。有一个人手执火把，另一个人跪在他们中间，手里拿着一把刀子。我看见那刀子的锋刃在月光和火把照耀下不断变换着色彩。其余人都屈着身体，观看他的动作。他手上除了刀子，还有一本书。我正在纳闷这两件毫不相干的东西为什么会同时出现在他手上，那个跪着的人站了起来，率领全体海盗一同向木屋走来。

“他们来了。”说罢，我回到了原来的位置。我觉得，如果他们发现我曾窥视他们的行动，我将有失尊严。

“让他们来吧，孩子，让他们来，”西尔弗轻快地说，“我有办法对付他们。”

门开了，五个人在门口挤成一团，把其中一个往前推。这人缓慢地移动脚步，每走一步都要犹豫一番，紧握的右手一直放在胸前。要是在别的场合，他这番举动一定会让人笑掉大牙。

“过来吧，伙计，”西尔弗大声鼓励道，“我不会吃掉你。把手上那东西给我，你这傻大个儿。我是会遵守我们这一行的规矩的，不会伤害当代表的人。”

经过这番鼓励，那海盗的胆子大了。他加快步伐走上前，把手中一件东西交给西尔弗以后，便迅速退回到同伙那里。

西尔弗看了看他们给他的东西。

“黑券！果不出我所料，”他说，“你们的纸是从哪儿弄来的？哎哟，这可不得了！你们闯祸了！这纸是从《圣经》上撕下来的。是哪个浑蛋把《圣经》给糟蹋了？”

“糟了！”摩根说，“糟了！我早说过，不能这样做，你们却不听我的。”

“这事是你们集体商量好后干的，”西尔弗接着说，“你们一个个都得上绞架。快说，《圣经》是谁的？”

“是狄克的。”有人答道。

“狄克，是你的吗？那就让狄克向上帝祈祷吧，”西尔弗说，“狄克的好运气已经到头了，没人会怀疑这一点。”

这时那个长着一双黄眼睛的大个子插话了。

“收起你那一套鬼把戏，约翰·西尔弗，”他说，“我们已依照规矩，由全体会议讨论决定把黑券交给你,你也得依照规矩把它翻过来,看看上面写的是什么。看过之后你再表态吧。”

“谢谢你,乔治,”海上厨师回答道,“你一向办事干脆且熟悉规则,我对这一点很满意。来,让我看看上面写的是什么。啊!‘下台’!原来如此。字写得很漂亮,就像是印出来的一样。这是你的笔迹吗,乔治?你在你们这一伙人中的确是个人才。接下来大家将选你当船长,我对此一点不觉奇怪。请你将火把再给我用一用,我这烟斗吸起来不太通畅。”

“嘿,”乔治说,“你休想再愚弄我们了。你自以为自己很幽默,大家会听你的,可你已经被我们抛弃了。你还是从酒桶上下来,帮助我们一起选举吧。”

“我还以为你懂规矩呢,”西尔弗轻蔑地回答道,“你要是不懂,至少我懂。别忘了,我目前还是你们的船长。我正在等候你们提出对我不满的理由,在我未进行答复前,你们的黑券一文不值。我答复之后,我们再定办法。”

“不用担心,”乔治说,“我们会按规矩办事。我们要你下台,有这四条理由:第一,这次出海我们一无所获,事情都坏在你身上。如果你敢否认这点,我们就承认你是男子汉。第二,你把陷入重围中的敌人放走了。他们为什么要离开,我不知道,但他们显然是自己要求离开的,我们却一无所获。第三,你不准我们去追捕他们。我们已经把你看透了,约翰·西尔弗。你想脚踏两只船,这就是你的问题所在。至于第四条,那就是你不肯杀死这孩子。”

“你讲完了吗?”西尔弗问这话时显得很镇静。

“这些已经足够了，”乔治反唇相讥，“如果我们任凭你胡作非为，将来大家都得上断头台，暴尸街头。”

“好吧，让我来答复这四条，我要逐条回答。你说这次出海我们一无所获，事情都坏在我身上，是不是？其实你们都知道我原来的打算。如果照我原计划行事，我们今夜早已回到‘希斯帕诺拉号’船上，一个人也不会死去，个个酒足饭饱，睡得安稳舒服，而且我敢保证船舱里装满了金银财宝！试问，是谁打乱了我的计划？是谁逼着我这位你们选出的船长提前动了手？是谁在我们上岸的第一天就把黑券塞给了我？这场通向魔鬼的舞蹈究竟是谁带头跳起来的？这真是一场精彩的舞蹈，我同意你们的说法，它极像是在伦敦城外正法码头刑场上跳脖子套着绳圈的水手舞。这到底是谁领的头？是安德森、汉兹，还有你——乔治·墨利。在这帮惹是生非的家伙中，只剩下你还没有死去。正是你们给我们带来了霉运，而你居然厚颜无耻地想取代我成为船长。没想到天底下竟然有这样荒唐离奇的事情！”

西尔弗暂时停了下来，我从乔治和他同伙的脸上可以看出，他这番话没有白说。

“这是我对你们第一条理由的答复。”受到指控的西尔弗抹了抹额上的汗珠，显得非常激动。他刚才慷慨陈词时几乎把屋子都震动了。“老实告诉你们，我不愿对你们多说话。你们既不明白事理，又缺乏记忆力，我真不知道当初你们的爹娘怎么会让你们到海上来谋生。你们不配当水手！不配称为冒险君子！我看你们顶多只配当死气沉沉的裁缝。”

“你接着答复，”摩根说，“另外还有几条呢。”

“啊，另外几条！”约翰说，“好像罪名多得不得了，是不是？你们说这次出海搞糟了，可是我敢打赌，你们根本不知道事情究竟糟到什么程度！我们离上绞架的日子已不远了。想起它，我就脖子僵硬。你们也许见过被绞死的犯人吧：他们戴着锁链悬在半空，海鸟在尸体周围打转。其他水手在出海时会指着他们问：那些人是谁？有人回答道：'那是以约翰·西尔弗为首的海盗。我认识他们。'风一吹，尸体荡起秋千来，铁锁链的叮当响声直到船拐向下一个浮标还能听见。我们每一个人都是爹妈生的，为什么会落得这样的结局？这得感谢乔治·墨利，感谢安德森和你们中那些呆头呆脑的笨蛋。如果你们要听我对如何处理这孩子的意见，你们竖起耳朵听着！难道他不是一个人质吗？为什么要把这样的人质白白浪费掉？不，我们不能这样。他可能是我们最后的希望，我看很有可能。你们要杀死这孩子，我决不同意！关于第三条，我更有一肚子的话要讲。也许你们真的不在乎每天有一位真正科班出身的大夫来给你们看病？约翰，你的头被打破了；乔治·墨利，不要忘了，就在六小时前你还在打摆子，你的眼睛至今还黄得像柠檬皮一样；是我把大夫请来给你们治好了病。你们也许还不知道吧，有一条船很快就会来，到时候你们就会明白有人质的好处了。至于第二条，我为什么要议和，那明明是你们跪在地上恳求我与他们议和的。当时你们一个个都像泄了气的皮球，如果不讲和，你们早就饿死了！但这还是小事。你们看！这是什么？我所做的一切都是为了这东西。"

说罢，他把一张纸扔在地板上。我一眼就认出那是我在比尔·博恩斯的皮箱底层发现的用油布包着的地图。这黄色的纸上有三个红色十字叉。大夫为什么把这至关重要的地图送给了西尔弗？这太出乎我的意料。

如果说地图的出现使我大吃一惊的话，那些反叛水手的表情更令人难以置信。他们像一群猫发现了一只耗子似的扑向地图，你抢我夺，把地图传来传去。从他们审视地图时所发出的叫骂声和稚气的欢笑声中，你也许会认为他们不但摸到了金银财宝，而且已经稳妥地装上了船，正顺利返航。

“是的，”有人说，“这的确是弗林特的图。这里有‘杰·弗’两个字，下面还画了一条线和一个丁香结，这是他签名时的习惯做法。”

“有这地图当然好，”乔治说，“但我们没有船，怎样才能把财宝运走？”

西尔弗突然跃起，一只手扶住墙壁，厉声喝道：

“我警告你，乔治，马上闭上你的臭嘴。要不然，我就要和你决斗。怎么把财宝运走？我怎么知道？倒是我应该问你们，是你们这些蠢货瞎起哄，导致我们丢掉了纵帆船。不过问你们也是白搭，你们的头脑还比不上一只蟑螂聪明。你说话最好还是讲点礼貌，乔治·墨利，不要让我来教训你。”

“这话有理。”老摩根说。

“当然有理，”西尔弗说，“你们丢了船，我却找到了藏金处。究竟谁的功劳大？现在我宣布辞职，再也不干了！你们爱选谁当船长，就选谁吧。我可受够了。”

“西尔弗！”海盗们齐声喊道，“我们选西尔弗当船长！我们永远跟西尔弗走！”

“你们改变主意了，是吗？”厨师大声说，“乔治，看来你只好等下次了。算你运气好，我是一个不记仇的人。真的，我从不记仇。伙计们，这黑券怎么办？没什么用处了吧？狄克真倒霉，把《圣经》撕坏了。”

“以后还可不可以吻这本书宣誓？”狄克低声问，他显然为自身招来了祸殃而不安。

“用撕掉了一页的《圣经》宣誓?”西尔弗讥笑道,“那怎么行? 这跟凭着一本关于民间小调的书起誓一样毫无意义。”

“真的是这样吗?”狄克忽然高兴起来,“那我还是要留着它。”

“给你,吉姆,让你开开眼界。”西尔弗扔给我一张纸片。

这是一张圆纸片,有一枚银币那么大。一面是空白的,因为这是《圣经》的最后一页;另一面印有从《启示录》摘录下来的几行文字,我对其中一行字印象特别深刻:“外面有犬类和杀人犯。”这印有文字的一面曾被木炭灰涂黑,不过灰已逐渐脱落并染黑了我的手指;空白的一面用木炭灰写着“下台”两个字。我至今把这纸条当纪念品一样保留在身边,但上面的文字已无法辨认,只剩下一些像是用拇指指甲刮出来的痕迹。

这一晚的风波暂告平息了。海盗们喝足了朗姆酒,又躺下睡觉。西尔弗想出了一个惩罚乔治·墨利的方法——派他去放哨,并恐吓他说,如果他不忠于职守,就要他的命。

我很久都不能合眼。今天经历的事情太多了。我想到当天下午自己处于危急关头时杀死的汉兹;想到西尔弗目前正玩弄的鬼把戏。他一方面想尽办法把反叛者掌握在手中,另一方面不放过任何机会保他自己的太平和一条狗命。西尔弗已安然入睡,正发出如雷的鼾声。想到他处在多么险恶的环境中,等待他的将是上绞架,被人唾弃,尽管他是个坏蛋,我心里仍为他难过。

第三十章

大夫的忠告

从树林里传来一个清晰爽朗的声音,把我——应该说把我们大家——从睡梦中惊醒了。我看到那靠在门柱上打瞌睡的哨兵也吓得跳了起来。

“木屋里的人听着,大夫来了!”那声音高叫着。

果然是大夫来了。虽然我听见这声音非常高兴,却掺杂着几分内疚。回想起自己擅离职守、偷偷逃跑的行为,我感到很惭愧,再看看自己现在面临的处境:身陷敌营,性命难保,我简直没有脸见他。

大夫一定是在天还没亮就起身的,因为现在仍是黎明时刻。我跑到一个枪孔往外望去,看见他站在与膝相齐的雾霭中,其情景与以前西尔弗来谈判的那次一模一样。

“是你啊,大夫!早上好!”西尔弗完全醒过来了,面带笑容地招呼道,“你可起得真早哇!俗话说,早起的鸟吃得饱。乔治,打起精神,去帮助利夫西大夫跨过栅栏。”

西尔弗站在小山顶上,一个人在那里唠叨着。他腋下拄着一根拐杖,一只手扶着木屋的墙壁,其声调、举止和表情还是原来那个高个子约翰。

“你的病人一切正常,个个活蹦乱跳,十分快活。另外,我们还为你准备了一件意想不到的礼物,先生,"他接着说,"我们这里来了一位小客人,嘿嘿!一位新房客,眉清目秀,十分逗人喜爱。他昨晚一宿一直跟我老约翰并排躺在一起,睡得可香哩。"

利夫西大夫这时已跨过栅栏,离西尔弗很近了。我听出他说话的声音也变了。

"是不是吉姆来了?"他问道。

"正是吉姆。"西尔弗答道。

大夫顿时止步,不过没有说话。几秒钟后,他才继续前进。

"好吧,"他终于开口道,"先办公事,后叙友情。这话好像是你自己说过的,西尔弗。我先去看看你的病人。"

他走进木屋,向我冷冷地点了点头,然后开始巡视病人。他看上去毫无顾忌,尽管他不可能不知道,置身于这帮奸诈狡猾的恶魔中,他随时可能遭到不测。他和他们娓娓交谈着,仿佛正在一家普通的英国家庭出诊。他的神态大概对反叛水手产生了影响,他们对他的态度也十分友好,好像什么事情也未曾发生,还是把他当成随船医生,而他们仍是忠实可靠的普通水手。

"你看来好多了,朋友,"他对头上缠着绷带的水手说,"你真是命大,你的头简直就像铁打的一样结实。乔治,你怎么样了?你的脸色还是不好,肝脏肯定有问题。你吃药了吗?喂,伙计们,他吃了药没有?"

"哦,他吃过了,先生,肯定吃过了。"摩根答道。

"你们知道吗,自从我当上了哗变水手的医生(我认为叫狱医更恰当),"利夫西大夫以极其幽默的口吻说,"我便把保全你们每一个人的生命看成与自己的荣誉攸关的事情,我要把你们交给乔治国王陛下惩治(国王陛下万岁!),把你们送上断头台。”

反叛水手个个面面相觑,最后还是把这句击中他们要害的话默默吞了下去。

“狄克感到不舒服,大夫。”有人说。

“是吗?”大夫问道。“狄克,走过来让我看看你的舌苔。哎呀,怪不得你不舒服。你的舌苔足以吓坏法国人。这又是一例黄热病。”

“嘿,”摩根说,“这是报应,谁叫他撕坏了《圣经》。”

“你们这些蠢驴,”大夫骂道,“竟然区分不出新鲜空气和瘴气,干燥土地和传播瘟疫的臭泥潭。我认为——当然,这只是一种猜想——你们很可能得了疟疾。要把这病治好,你们得吃很多苦。西尔弗,我对你很不理解。在你们这群人中,你似乎最聪明,但你竟然连最起码的卫生常识都没有。”

大夫依次给他们每人发了药。他们在领药时的温顺样子实在可笑,完全不像杀人不眨眼的叛匪海盗,倒像贫民小学里的学童。

“好了,”大夫说,“今天的工作到此为止。现在我想和这个孩子谈几句话,如果你们同意的话。”

大夫朝我坐的方向点了点头。

乔治·墨利正在门口服用一种味道很苦的药。他一边吃,一边吐。但当他听到大夫提出的要求时,便立刻转过头,涨红了脸喊道:“不行!”同时还骂了一句难听的话。

西尔弗突然张开手在酒桶上猛然一拍。

“闭上你的臭嘴!”他对着乔治大吼一声,然后像雄狮似的环顾四周。接着,他又用温和的语气对大夫说:

“大夫,我正想让你和这孩子见见面,我知道你很喜欢他。我们对你十分感激,也完全相信你,把你给的药当甜酒一样喝了。我已想出一个能使大家都满意的办法。霍金斯,尽管你家境并不富裕,你还是称得上一位年轻有为的君子。你能不能用君子的身份保证决不逃跑?”

我立刻做出了保证。

“那好吧,”西尔弗说,“请大夫先走到栅栏外面,我等一会就把这孩子领出来。你们可以隔着栅栏谈话。再见,先生,请代向特里劳尼先生和斯莫利特船长致意。”

大夫刚走出木屋,本来被西尔弗的疾言厉色抑制住的海盗们的不满情绪一下子全都爆发了。他们大声指责西尔弗要两面派,企图牺牲大家的利益,单独媾和。总而言之,他的确是这样做的,他们并没有冤枉他。在这种情形下,我真想不出他能有什么办法平息他们的愤怒。但这些海盗却斗不过他,因为他昨晚的胜利已使他在心理上占有很大的优势。他骂他们是蠢驴、笨猪,反正把与傻瓜有关的所有骂人的话都搬了出来。他说不让我和大夫谈话是不行的。他拿出地图在他们面前扬了扬,责问他们是否想在即将开始探取宝物时撕毁与大夫达成的协议。

“绝对不行!”他嚷道,“我们必须等时机成熟才能撕毁协议。但在此之前,我得把那大夫哄得晕头转向,即使要我用白兰地给他刷靴子,我也得干。”

他吩咐他们生火,然后一手扶在我肩上,一手拄着拐杖,走出木屋。此时的海盗一片茫然,尽管他们远远没有被说服,却慑于他的口才,一时无言以对。

“慢慢走,小兄弟,慢慢走,”他对我说,“他们要是看见我们走得太快,会一下子向我们扑来。”

于是我们慢慢地穿过沙地,向大夫等候的地方走去。当我们走到能和大夫私下交谈的范围,西尔弗便止步了。

“大夫,请你把在这里的所见所闻都记下,”他说,“这孩子会告诉你,我怎样救了他的命,怎样差点儿被赶下台。大夫,一个人像我这样冒着生命危险做了这么多好事,他想听几句好话,这不算要求过分吧?请你注意,这事不光牵涉我的生命问题,也事关这孩子的生命。大夫,请你到时为我说几句公道话。有了希望,我就能支撑下去。求你发发慈悲吧!”

西尔弗一出门外,背对他的同伙和木屋,立刻变成了另外一个人。他面颊深陷,声音发颤,谁也不可能像他这样表演得如此惟妙惟肖。

“约翰,你是不是害怕了?”利夫西大夫问道。

“大夫,我不是胆小鬼;我不怕,一点也不怕!”他猛地咬了一下手指,“如果我胆小,我就不会这样做了。可是说老实话,一想起绞架,我就浑身发抖。你是一个君子,大夫,你恪守信用,我从未见过比你更好的人。我知道你不会忘记我做过的错事,但也希望你不要忘记我做过的好事。你瞧,我会马上退到一边,让你和吉姆单独交谈。你也得就此为我记上一笔,这可是一份很大的交情啊!”

说完这番话后,他开始后退,一直退到听不见我们谈话的地方,找了个树桩坐了下来。他一边吹口哨,一边不停地转动身子,时而看看我和大夫,时而看看那群不服指挥的海盗:此时他们正在沙地上来回走动,忙于重新点起一堆火,并从木屋里搬出猪肉和面包,准备做早饭。

“吉姆，”大夫闷闷不乐道，“你落到今天这个地步，完全是咎由自取。上天知道，我并不想说一些责备你的话，但无论你爱听不爱听，有一句话我必须对你说：斯莫利特船长身体好的时候，你没敢逃跑；你是趁他负了伤，无力阻止你的时候逃跑的。这是不折不扣的懦夫行为！”

我愿意承认，这时我哭了。

“大夫，”我说，“你不必再说了，我已经把自己骂够了，现在连自己的生命也搭进去了。如果西尔弗不袒护我，我早就没命了。大夫，请你相信我，我并不怕死，我知道自己罪有应得，但我怕酷刑。万一他们拷打我——”

“吉姆，”大夫打断我的话，他的声音完全变了，“吉姆，我不能让你受折磨，你从栅栏上翻过来，我们一起逃吧。”

“大夫，”我说，“我发过誓不逃跑的。”

“这我知道，”大夫激动地说，“现在我们管不了那么多了。一切非难、羞辱，统统由我承担，我的孩子；但我不能让你留在这里。快跳，你只要一跳就可以出来了，然后我们将像羚羊般飞速逃走。”

“不行，”我回答说，“你明明知道，我们不能这样做，不但是你和我，而且即使是特里劳尼或船长，他们也不会这样做。西尔弗信任我，我还做了保证，君子一言，驷马难追。我必须回去。可是，大夫，你还没有听我把话说完。万一他们对我施以酷刑，我恐怕只得吐露一点有关帆船的行踪。我已经把‘希斯帕诺拉号’弄到手了，一半是靠运气，一半是冒了生命危险。现在船正横躺在北海湾南面的海滩上，几乎就在涨潮线下面。潮水退去时，船一定可以高高露出水面了。”

“你把船藏起来了！”大夫惊叫道。

我简单地把冒险经历叙述了一遍，他默默地听我说完了这些话。

“这好像是命中注定似的，”他听我讲完后说，“每次到关键时刻，都是你救了我们的性命。难道你认为我们能听任你牺牲你的生命？这未免太不公平了，我的孩子。是你发现了海盗的阴谋，遇见了本·冈恩——这是你一生所做的最大好事，包括过去的和未来的，哪怕你活到九十岁。哦，说起本·冈恩，他可是一个天生的调皮鬼。喂，西尔弗！”他高叫道，“西尔弗，我有话要对你讲，”等厨师走近后，他继续说，“你们千万不要急急忙忙去寻宝。”

“大夫，我将尽力照你说的去做，但恐怕很难做到，”西尔弗说，“我要请你原谅，我必须带同伙去找到藏宝之地，否则我就无法拯救自己和这孩子的命。”

“好吧，西尔弗，”大夫说，“要真是这样，我就再多说一句，你们在寻宝的路上，不要被鬼的叫声吓破了胆。”

“大夫，”西尔弗说，“老实说，你把我搞糊涂了。你们的目的是什么？为什么离开这木屋？为什么把地图送给我？我实在不明白。我始终盲目地遵从你的吩咐，却连一句能给我一点希望的话也听不到。这太过分了。如果你不把你的意思讲明，我就没法干下去了。”

“不行，”大夫若有所思地说，“我无权说更多的话了。这不是我个人的秘密，西尔弗，否则我一定告诉你，请相信我。但我已经把我能告诉你的全都告诉了你，而且还多说了一句，我为此要挨斯莫利特船长的骂了，真的是这样。现在，我要给你一点希望：西尔弗，如果我们都能活着逃出这个陷阱，我将尽我所能救你，不过我不会为你做伪证。”

西尔弗顿时面露喜色。

“我太感谢你了,大夫,即使我的亲娘也没有你对我这么好。”他高兴地说。

“这是我要讲的第一点,也是我对你的让步,”大夫接着说,“第二点是对你的忠告:你要让这孩子随时在你身边,一步也不要离开。如果你需要援助,就大声呼喊。我现在就去想法子帮助你们。至于我说的话是不是负责任的,将来自有事实来证明。再见,吉姆。”

利夫西大夫隔着木栅和我握了握手,并向西尔弗点了点头,然后迅速消失在树林中。

第三十一章

猎宝记——弗林特的罗盘指针

“吉姆，”西尔弗在等到只剩下我和他一起时说，“如果说我救过你的命，你也救了我的命，我决不会忘记这件事。刚才我看见大夫招手叫你逃跑，我是凭眼梢瞟见的，我看见你说不行，就像我耳朵听到一样清楚。吉姆，这次全靠你了。自从强攻失败后，我第一次看到了一线希望，谢谢你。现在我们不得不去寻宝，我总觉得此行将凶多吉少。你我必须密切配合，互相策应。无论运气多坏，我们也要力求保住自己的脑袋。”

正在这时，有人从火堆旁招呼我们，说早饭已经准备好了。我们大家纷纷散坐在沙地上吃面包干和煎咸肉。他们点燃的火堆足足可以烤一头牛。火烧得非常旺，我们只能从上风面接近它，即使这样也得倍加小心。海盗们对食物也同样浪费，他们准备的饭菜恐怕相当于他们食量的三倍。一个海盗傻笑着把未吃完的食物全部扔进火里。由于添加了这不寻常的燃料，火堆顿时发出噼里啪啦的响声，火苗也蹿得更高更旺。我从未见过这样只顾眼前、不顾明天的人。“今朝有酒今朝醉”——这是对他们所作所为唯一恰当的形容。像这样浪费粮食以及放哨时睡大觉，这伙海盗虽然作战勇敢，能一时取胜，但在打持久战方面，他们完全没有经验，肯定会败下阵来。

西尔弗让鹦鹉蹲在他肩上，独自一人在边上吃饭。对于海盗们的鲁莽行为，他没有说一句责备他们的话。这使我特别惊讶，因为他从来没有像现在这样显得老谋深算。

“喂，兄弟们，”西尔弗说，“有我这颗脑袋替你们想办法，你们真是幸福。我已经打听到了我们所要了解的一切。他们的确已经抢走了大船。至于他们把船藏在什么地方，我还不知道，但只要找到了财宝，我们接着把整个岛搜遍，就一定能找到大船。再说，我们目前有两只划子，凭这点就已稳操胜券了。”

他滔滔不绝地讲着，嘴里塞满了热的煎咸肉。他试图用这种方法恢复他们的希望和信任，我想他同时也是在给自己打气。

“至于这孩子，”他继续说，“我想这是他和他所爱的人最后一次谈话了。我已从他们的谈话中获得了一些消息。关于这点，我还得感谢他呢，但事情已经过去。我们去寻宝时，我要用一根绳子拴住他，把他带在身边，以防发生意外。我们要像保护金子一样保护他，大家要记住这点。当我们找到了金银财宝和大船，高高兴兴回到海上时，我们再跟霍金斯先生算账，一定要酬谢他干的好事，决不亏待他。”

海盗们个个兴高采烈，而我却情绪低落。假如他所策划的这一切能够实现，西尔弗——这个双料叛徒——一定会毫不犹豫地实施他的计划。他如今脚踏两只船。不过，他寄希望于我们的只是免去一根绞索；毫无疑问，他更乐于同海盗们一起掠走财宝，逍遥法外。

不仅如此，即使将来事态的发展迫使他不得不遵守他向利夫西大夫许下的诺言，我们的处境也十分危险。一旦他部下的怀疑得到证实，他和我不得不拼死自卫。但这是怎样力量悬殊的战斗啊！他是一个独腿，我只是一个孩子，我们要对付五名身强力壮的水手。

除了上述的双重忧虑以外，我的朋友们不同寻常的行动对我始终是一个谜。他们为什么要离开木寨？为什么要把地图交给西尔弗？最难理解的是大夫临走前给西尔弗的忠告："你们在寻宝的路上要提防鬼叫。"读者不难想象，我吃早饭时是多么食不甘味，跟在海盗后去寻宝时又是多么心情沉重。

假如当时有人看见我们这一群人的衣着和走路姿势，一定会感到好奇。所有人都身着污迹斑斑的水手服；除我以外，个个都全副武装。西尔弗一前一后挎着两支步枪，腰间挂着一把大弯刀，方尾外套两边的衣袋里还各藏有一支手枪。与众不同的是，他还让被称为"弗林特船长"的鹦鹉蹲在肩上，喋喋不休地学着一些航海术语。我腰里系着一根绳子，顺从地跟在西尔弗后面走。绳子一端时而被他握在空闲的手上，时而被他有力地用牙齿咬住。总而言之，我就像一头被人牵着的马戏团的狗熊。其余人各自扛着不同的东西：有的扛着铁锹和铲子，这是他们从"希斯帕诺拉号"带上岸的必备工具；有的扛着准备午餐时用的猪肉、面包干和白兰地。我发现所有食品都取自我们留在木屋里的库存，由此可见，西尔弗昨夜讲的是真话。要不是他和大夫谈成了一笔交易，他和同伙就得在丢弃大船后饿肚子，靠打猎为生。海盗们不愿意饿肚子，但他们又往往枪法不准。再说，在他们面临食品短缺时，弹药也不会十分充裕。

我们带着这些东西出发了，连那个被打破了头的家伙也行进在队伍中，这时的他本应在阴凉处休息。我们一行拖拖拉拉地来到海边，这里有两只划子在等着我们。这两只划子里也留下了海盗们酗酒后斗殴打架的痕迹：其中一只的座板已损坏。两只划子都沾满泥浆，划子里的水也没有舀干。为了安全起见，西尔弗决定把它们一起带走。我们分乘两只划子，从锚地的中心开船出发。

我们在划水途中，对地图展开了讨论。图上红十字叉标注的范围太大，不足以提供确切的位置。而背面文字又相当含糊。读者也许还记得，图上的文字是这样写的：

大树，西贝格拉斯山坡。

位置东北偏北。

骷髅岛，东南偏东。

十英尺。

因此，大树便成了我们要寻找的主要标记。正前方，锚地紧连着一片两百至三百英尺高的高地。高地北端与西贝格拉斯山南坡相连，南端则逐渐隆起形成崎岖险峻、山岩陡峭的后桅山。高地顶上密密麻麻生长着各种高矮不一的松树。这里有好几棵高大树木，比邻近的树高出四五十英尺。究竟哪一棵是弗林特船长所说的“大树”，必须到现场用罗盘针才能确定。

实际情况的确如此，但我们还没走到半路，划子里每一个人都已选定了一棵自己心目中的大树。只有高个子约翰没表态，他耸了耸肩，建议大家到了现场再作决定。

我们在西尔弗指导下，不紧不慢地往前划，以节省体力。划了很长一段水路后，终于在第二条河的河口靠岸。这条河发源于西贝格拉斯山，是从一个树木丛生的小山谷里流出来的。我们上岸后向左拐弯，开始沿山坡向高地走去。

起初，泥泞的地面和蔓生的沼泽草大大延缓了我们行进的速度。不久，坡面渐渐变得陡峭，脚下的石块也多了起来，树木变得更为高大疏朗。我们已经来到整个岛上风景最美丽的地区。散发着浓郁香味的金雀花和其他鲜花盛开的植物比比皆是，碧绿的肉豆蔻丛和树干暗红、高高耸立的松树相映成趣。豆蔻的芬芳和松枝的香气令人陶醉。此外，在明媚的阳光下，那新鲜而流动的空气犹如一剂特效清凉散，让我们心旷神怡。

所有海盗成扇形散开，不时大声叫喊，左蹦右跳。我和西尔弗走在队伍最后。我被绳子拴住，他则气喘吁吁地在溜滑的石子路上领路。有时我不得不上前扶他一把，否则他会失足翻落到山下去。

我们这样大约走了半英里地，就快到达高地坡顶，忽然，走在左前方的一个人大声叫了起来，似乎受到了什么惊吓。他不停地叫喊着，其他人纷纷向他那边跑去。

“他不可能已经发现了藏金地，”老摩根从右边跑过来说，然后又急匆匆跑到前面去了，“我们还没到山顶哩。”

的确，当我们赶到那地方时，看到的是一幅完全不同的景象。在一棵高大的松树下，横躺着一具被绿色蔓草缠绕着的死人骨架。有几根骨头已经被树藤掀起，地上还残留着一些衣服的碎片。我相信此刻每一个人都感到了恐惧。

“这是一个水手。”乔治·墨利说。他比别人胆大,已经走到死人旁边察看衣服的碎片。“至少他穿的是水手服。”

“这肯定是一个水手,”西尔弗说,“主教是不可能来这地方的。但是这尸体摆放姿势好奇怪哟!好像不是原来的样子。”

的确,再次细看这横在松树下的死人骨架时,我们很难相信这就是死者死时所保持的姿势。死者的骨头已经有几根翘起,这也许是啄食尸肉的大鸟和逐步包围尸身的蔓草造成的,但尸体完全笔直横着,尤其是他的脚指着一个方向,手却像跳水者那样举过了头,正好指着相反的方向,这就很难解释了。

“我这笨脑袋倒想出一个办法,”西尔弗说,“这里有罗盘针,那里是像一颗牙齿般突出的骷髅岛的岬角尖。我们只要沿着这骨头架子的一条线进行测量就能知道具体方位。”

方位测过了。那骨骼正对着骷髅岛那一边,罗盘指针上标明的方位正好是东南偏东。

“果然被我猜到了,”西尔弗叫了起来,“这死人骨就是指针。它正对北极星方向。从这个方向往前走,我们一定能找到梦寐以求的金银财宝。不过,一想起弗林特的为人,我就禁不住从头凉到脚。这是他制造的恶作剧,一定是他。当初他带了六个人上岸,他把他们全杀了,其中一个被拖到这里,安放在罗盘对准的位置上。这个该死的家伙!瞧,这长长的骨头、黄黄的头发,这恐怕就是阿拉代斯。你还记得阿拉代斯吗,汤姆·摩根?”

“怎么不记得他,”摩根说,“他还欠我的钱呢,我的刀也被他带走了。”

“说起刀子，”另一个人说，“为什么附近没有刀子？弗林特不会搜水手的身，他不是这样的人，我想刀子也不可能被鸟衔走。”

“这话有理，完全正确！”西尔弗大声说。

“这里什么也没留下，”墨利一边说，一边仍在尸骨四周搜寻，“既没有一个铜板，也没有一个烟盒。看来是有些不正常。”

“不但不正常，”西尔弗说，“而且令人害怕。如果弗林特还活着，这里恐怕就是我们的坟场。当初他们是六个人，现在我们也是六个人。可是他们如今只剩下骨头了。”

“我亲眼看见弗林特已经死去，”摩根说，“是比尔带我进去的。他躺在那里，两只眼睛上各放着一枚一便士的硬币。”①

“他的确死了，进了地狱，”头上缠着绷带的水手说，“不过，要是真有鬼魂出来游荡，那一定是弗林特的鬼魂。他死的时候可折腾得够厉害，真的是那样。”

“一点不错，”另一个人说，“他时而发怒，时而吵着要喝朗姆酒，时而唱小调。他平生只会唱一支歌，就是《十五人》。老实对你们说，我从此便讨厌听这支歌。他死的那天天气很热，窗门大开，我清楚地听见那古老的水手调子从屋里传出，那时死神之网已把他罩住了。”

“算了，算了，”西尔弗说，“不要再提他。他已经死去，不可能再出来游荡，至少在白天不可能出来。大家要相信我。疑神疑鬼，软嘴又软腿。走，快去寻宝吧。”

---

① 英国习俗，在死者眼睛上放硬币能让死者瞑目。

经过他一番鼓动,大家又往前走了。尽管是在阳光照射下的大白天,海盗们却不敢再独自行动,也不敢再在林子里大声喧哗。他们互相靠拢,说话也轻声细语。那死去的海盗头子至今使他们心有余悸。

第三十二章

猎宝记——丛林中的声音

刚才发生的一切使西尔弗和那些带病的海盗心慌腿软,大家刚登上高地的坡顶便坐下来休息。

高地略向西倾斜,我们坐的地方视野非常开阔,可以把四周景色尽收眼底。我们前面,从树顶处望去,是与波涛相接的森林岬角;我们后面,不仅可以俯视锚地和骷髅岛,还能鸟瞰沙尖嘴和东岸低地以外一片茫茫的大海。西贝格拉斯山矗立在头顶,时而能见到几株孤松,更多则是黑黝黝的悬崖峭壁。周围一片寂静,只有远处惊涛在礁石上撞碎的轰鸣,还有无数昆虫在矮树丛中窸窣作声。岛上没有人烟,海上也没有帆影,这空旷的视野反而增加了大家的孤独感。

西尔弗坐下后用罗盘测量了几次方位。

"从骷髅岛拉一条直线到山上,"他说,"共有三棵'大树'在线上。我认为,所谓'西贝格拉斯山坡'就是那块低地。现在要找到藏宝地,真是易如反掌。我想先吃点东西再说。"

"我不饿,"摩根嘀咕道,"一想起弗林特,我什么也吃不下。"

"是啊,我的乖孩子,他死了,你应该感到庆幸。"西尔弗说。

“他死时就像一个可怕的魔鬼，”另一个海盗胆战心惊地说，“并且脸色铁青。”

“这都是朗姆酒造成的，”墨利插嘴道，“铁青的脸，真的，他的脸真的是铁青的！”

自从发现了那具骨架并由此引发种种联想，他们说话的声音越来越低，后来甚至变成了耳语，对林中的寂静几乎没有干扰。突然，从我们前面的树林中，一个又尖又高的嗓音颤抖着唱起了那支大家熟悉的调子和歌词：

“十五个人争夺死者的皮箱，

唷嗬嗬，朗姆酒一瓶，快端上！”

海盗们一个个吓得魂不附体。他们此时的狼狈相我从未在别处见到过。六张面孔像中了邪似的失去血色；有的跳了起来，有的紧紧抓住别人；摩根竟然趴倒在地上。

“那是弗林特的声音，天哪！”墨利惊叫道。

歌声突然停止了，如同其突然开始一样出人意料，因为它是在曲子唱到一半时戛然而止的，好像有人用手捂住了歌手的嘴巴。天气晴朗，阳光普照，那歌声从翠绿的树林里飘来，非常悠扬动听，我不能理解同行者为何做出如此完全不同的反应。

“请大家保持镇静，”西尔弗从他灰白的嘴唇中勉强挤出这句话，“恐惧是没用的。大家站好，准备出发。这件事的确很奇怪，我听不出是谁的声音。但肯定有人在那里恶作剧，这是一个有血有肉的人，你们可以相信我的判断。”

他一边说，一边恢复了勇气，脸上渐渐有了一些血色。其他人在他的鼓励下也镇定下来。正在这时，那声音又响起来了；这一回不是歌声，而是一种从远处传来的有气无力的呼唤，它在西贝格拉斯山的峭壁间回荡着。

“达比·麦克格劳!”那声音在哀号——只有这两个字能最好地形容这声音。“达比·麦克格劳！达比·麦克格劳!”那声音一遍又一遍地呼唤着，后来又略略提高了一点，并且夹着一句骂人的话（我把它略去了），喊道：“达比，到船尾去拿一些朗姆酒来!”

海盗们的两脚好像在地上生了根似的，裹足不前。他们眼睛直往上翻，在呼喊声消失了很久以后，仍然恐惧地凝视着前方。

“这是他的声音，”有人气喘吁吁地说，“咱们回去吧。”

“这是他咽气之前留下的最后一句话，”摩根呻吟道，“绝对不会有错。”

狄克拿出他的《圣经》，振振有词地开始祷告。他在成为海盗之前曾受过良好的教育。

不过，西尔弗并没有被征服。我听见他的牙齿在打战，但他毕竟挺过来了。

“除了我们这里几个人以外，”他自言自语道，“这岛上的人谁也没听说过达比。”于是，他大声呼喊道：“伙计们！我是来寻宝的，无论是人还是鬼，都吓不倒我。弗林特活着时，我从未怕过他，现在即使面对他的鬼魂，我也不怕。离这里不到四分之一英里的地方，埋藏着价值七十万英镑的财宝。身为冒险君子，我们怎能因为惧怕一个已经死去的老醉鬼就放弃这么一大笔钱，落荒而逃?”

但海盗们并没有重新鼓起勇气，相反，他们听到他用轻慢的语言骂弗林特，心头的恐惧有增无减。

“快闭上你的嘴巴吧，”墨利说，“不要得罪弗林特的鬼魂。”

其余的人都吓得不敢说话。他们要是有胆量，早就各自逃跑了。恐惧使他们聚集在一起，紧挨在约翰身边，似乎他的勇气可以帮助他们。西尔弗本人则已在相当程度上克服了一时的胆怯。

“鬼魂？也许是鬼魂，”他说，“但有一件事我不明白。刚才我们听到了回声。可是我们从未见过有影子的鬼魂，那么鬼叫怎么会有回声呢？你们说这正常吗？”

这条理由在我听来根本站不住脚，但竟然能打动那些迷信的人。出乎我的意料，乔治·墨利居然认同西尔弗的话。

“对，有道理，”他说，“你的脑袋瓜真聪明，约翰。我们行动起来吧，伙计们。看来我们刚才都中了邪了。现在回忆起来，那声音是有点儿像弗林特，但也不完全像。它更像另一个人的声音，更像——”

“对了，更像本·冈恩！”西尔弗大叫道。

“对，一点不错，”趴在地上的摩根一下子跳了起来，“那的确是本·冈恩的声音！”

“这有什么区别？”狄克问道，“本·冈恩和弗林特一样都是死人。”

老资格的水手觉得他这句话问得可笑。

“没有人怕本·冈恩，”墨利说，“不管他是死是活，谁也不把他放在眼里。”

说也奇怪，海盗们的精神面貌发生了改变，脸上也渐渐有了生气。不久，他们又聚在一起谈论开了，偶尔也停下来听听。当听到四周不再有什么动静，他们就扛上工具，继续前进。墨利手拿西尔弗的罗盘，走在队伍前面。他的任务是使他们行进的方向始终与骷髅岛保持在一条直线上。他刚才说的是实话：无论本·冈恩是死是活，谁也不把他放在眼里。

只有狄克一个人捧着《圣经》，一边走，一边四处张望。但没有人同情他。西尔弗对狄克的举动冷嘲热讽。

"我告诉过你，"他说，"你已经把《圣经》撕坏了。凭着它祈祷已没有用了，鬼魂更不会买它的账。真的不会。"他拄着拐杖稍停片刻，捻着粗大的指头打了个榧子，以示轻蔑。

实际上，狄克已经不可能感到快乐了。我不久就看出，这位年轻人已病魔缠身。经过酷暑、疲乏和恐惧的激化，利夫西大夫所断言的黄热病使他的体温迅速升高。

高地的顶部树木较少，行走起来十分方便。我曾经说过，高地略向西倾斜，因此我们走的多半是下坡路。大大小小的松树分布很广，间距也很宽。即使在大片肉豆蔻和杜鹃花之间也有许多空地暴晒在酷热的阳光下。我们这时已横穿全岛，走到西北角，靠近西贝格拉斯山山腰。放眼望去，我曾经泛舟漂流的西海湾尽收眼底。

我们来到第一棵大树下面，经过测定，证明方位不对。第二棵大树也有同样的问题。第三棵大树耸立在一簇矮树丛上，大约有两百英尺高。这是一个庞然大物，红色的树干有一间小屋那么大，宽阔的树荫足以容得下一个连的军队在此演习操练。从东西两边海上老远都能看见这棵树，因此完全可以把它当作航标绘在航海图上。

但是，海盗们感兴趣的不是这棵树的高度和它所覆盖的面积，而是七十万英镑的金银财宝。他们知道这些宝物就埋藏在这宽敞树荫下的某个地方。走到大树跟前，发财的念头占据了他们的头脑，先前的恐惧消失殆尽。他们眼睛发出红光，脚步也变得更为轻快；整个心都飞向了那笔巨大的财富，期望幸运之神能降临头上，一辈子享受富贵荣华。

西尔弗拄着拐杖，一边走，一边嘀咕。他鼻孔张大，不停地抽动着。当苍蝇叮在他热烘烘、汗涔涔的脸上时，他竟像疯子似的破口大骂。他死死地拽住缚在我身上的那根绳子，不时转过身瞪着我。他已不再掩饰自己的念头，我看得十分清楚。黄金马上就要到手了，他把一切都抛在了脑后。他自己的诺言、大夫的警告统统成了过眼烟云。毫无疑问，他想在掠取财宝后，趁着黑夜去找“希斯帕诺拉号”，然后把财宝搬运上船，把所有好人统统杀死。这样，他就能按照他最初的设想，满载着财宝扬帆驶去。

由于心神不定，我自然很难跟上寻宝者飞快的步伐。只要我稍微走慢一点，西尔弗就恶狠狠地拽绳子，两眼露出杀气腾腾的凶光。狄克本已落在我们后面，这时也渐渐赶上了。他独自一人自言自语，一会儿在祈祷，一会儿又在诅咒。他的病情也越来越重。看到这情景，我更加忐忑不安。我想起了曾经发生在这高地上的那一幕惨剧。当时，弗林特这个罪大恶极的青面海盗在这里亲手杀死了他的六个同党（后来他死在萨凡纳，临死前还唱着歌，嚷着要喝朗姆酒）。这片小树林现在是这样安静，当年必定回荡着一阵又一阵惨叫声。想到这里，那惨叫声仿佛就在我耳边回响。

这时，我们已经走到树林边缘。

“伙计们，快跟我来！”墨利一声呐喊，走在前面的人都跑了起来。

然而,他们没跑出十码路就停下来,一阵由弱转强的惊叫声传入我们耳中。西尔弗拄着拐杖加快步伐,中了邪似的拼命往前赶。很快,我和他也停了下来。

呈现在我们眼前的是一个大坑。这坑不是新挖的,四周的泥土已经崩落,坑底长出了青草。土坑里有一把断成两截的铁镐柄,还有一些散落的包装货物用的箱板。其中一块箱板上用烙铁烫着"海象号"——这是弗林特船长驾驶的那条船的船名。

显然,这地窖已被人发现并洗劫一空。七十万英镑的财宝不翼而飞了!

第三十三章

西尔弗倒台

面对突如其来的变化,六个海盗全都愣住了。他们从未料到会有这样的结局。但西尔弗几乎马上就从这次打击中清醒过来。他刚才曾像一名参加赛马比赛的骑师全力向金钱冲刺,可是转瞬间就决出了胜负——他失败了。可他并没有怨天尤人,而是保持冷静,在其他人还未来得及做出反应之前,迅速改变了计划。

"吉姆,"他低声吩咐道,"把这个拿着,情况有变。"

西尔弗悄悄递给我一支双筒手枪。

与此同时,他神不知鬼不觉地向北移动了几步,让土坑把我俩和其余五人隔开了。然后他向我点了点头,意思是"情况危急",我当然也看出了这一点。他的目光现在变得十分友好,我对他这种翻手为云、覆手为雨的做法极为反感,禁不住低声骂了一句:

"你又转向了。"

西尔弗没有回答我的话,而海盗们却已经连骂带喊地一个个跳入土坑,用手指拼命扒土,把木板往四周乱扔。摩根刨到了一枚金币,他连声怒骂着把它拿在手上。这是一枚价值两几尼的金币①,它在海盗们手上传来传去,

① 指 1663 年英国发行的一种金币,等于 42 先令,1813 年停止流通。

持续了约十几秒钟。

“两几尼！”墨利咆哮着把金币向西尔弗扬了扬，“这就是你说的七十万镑吗？你不是说你是做交易的老手吗？你不是说你永远不会上当受骗吗？你这个该死的蠢货！”

“你们继续挖吧，孩子们，”西尔弗以极其冷酷傲慢的态度说，“这坑里很可能还有花生呢。”

“花生！”墨利尖叫道，“伙计们，你们听见了吗？我告诉你们，那家伙早就知道这一切。你们看他的脸，答案就写在他的脸上。”

“墨利，”西尔弗讥讽道，“你又想当船长了？可真是初生牛犊不怕虎啊！”

但是这一次所有人都站在墨利一边。他们开始爬出土坑，并不时向我们投射愤怒的目光，我发现有一点对我们有利：他们都从西尔弗对面那一边爬出。

我们就这样对峙着：两个人在坑的一边，五个人在另一边，中间隔着土坑，谁也不敢先开火。西尔弗手拄拐杖，站得笔直，一动也不动地注视着他们。我从未见他如此镇定自若。他确实有胆量，这不可否认。

后来，墨利似乎想用一番话来激励海盗同伙的斗志。

“兄弟们，”他说，“他们只有两个人：一个是把我们骗到这里来的老跛子；另一个是我欲取其心肝的小杂种。兄弟们，我们——”

他提高嗓音，抬起手臂，准备带头发起攻击。就在此时，只听“砰！砰！砰！”三响，矮树丛中发出三道火光。墨利应声倒下，栽入土坑；那头上缠着绷带的海盗像陀螺般旋了一个圈，然后也直挺挺地侧扑在地，一命呜呼，断气后手脚还抽动了几下。其余三人吓得掉头就跑,拼命逃命。

就在这时,高个子约翰的双筒手枪也响了。他朝正在坑里挣扎的墨利补了两枪,那家伙在断气前曾翻起一双眼睛瞪了他一眼。

“乔治,”西尔弗说,“我终于把你解决了。”

与此同时,利夫西大夫、葛雷和本·冈恩提着仍在冒烟的滑膛枪,从肉豆蔻丛中跑出与我们会合。

“快追!”大夫喊道,“赶快追上去,我们必须截断他们的去路,把划子掌握在我们手中。”

于是我们迅速奔向海边,有时不得不穿越齐胸高的灌木丛。

西尔弗急于跟上我们。他拄着拐杖,不停地往前跳。激烈的运动使他胸部的肌肉看上去要爆裂似的。大夫认为,即使一个身体健全的人也经不起这样的折腾。实际上,当我们跑到斜坡顶上时,他已经落后了约三十码,并且累得喘不过气来了。

“大夫,”他高声叫道,“瞧那边!我们不必着急。”

真的,我们不必着急了。站在高处,我们看到三个逃命的海盗正朝着他们出发时的方向,顺原路向后桅山飞奔。我们已经处在他们和划子之间了。于是我们四个人先坐下来喘一口气,高个子约翰也抹着脸上的汗珠,慢慢走了过来。

“多亏了你们及时赶到,大夫,”他说,“你们救了我和霍金斯的命。啊,本·冈恩。果真是你。好样的。”

“是的,我正是本·冈恩。”这位被放逐孤岛的水手回答道。他似乎有些窘迫,全身像一条鳗鱼似的扭个不停。“你好吗,西尔弗先生?”他隔了好一会儿才问了这么一句。“我想你一定过得很好。”

“本·冈恩啊,本·冈恩,”西尔弗喃喃自语,“你可把我害苦了。”

大夫派葛雷回去将海盗们逃跑时丢弃的铁镐取一把来。然后,我们从容地下山,朝着停划子的地方走去。一路上,大夫把最近发生的事情简单讲了一遍。西尔弗对此表现出浓厚的兴趣。不过,故事的主角自始至终是那个被放逐孤岛、看上去半痴半呆的本·冈恩。

在岛上长期孤身流浪的他发现了那具尸骨,并把它身边的遗留物全拿走了。与此同时,本·冈恩还发现了藏金处。他把财宝挖掘出来(土坑里留下的那把铁镐断柄就是他的),然后肩扛背抬,把宝物从大松树脚下运到海岛东北角双峰山上的一个山洞里。经过数不清楚的来回搬运和艰苦跋涉,终于在“希斯帕诺拉号”驶抵金银岛两个月前把所有宝物安全存放到山洞里。

在海盗对木寨发起袭击的当天下午,大夫从本·冈恩口中得知了有关财宝的秘密。第二天早晨,大夫发现锚地里的大船不见了,便决定立即转移。他去见西尔弗,把已经失去作用的地图给了他,把贮存在木屋里的食品也给了他(因为本·冈恩的山洞里堆放着许多他自己腌制的山羊肉)。总之,大夫把木屋里的一切东西都送给了西尔弗,以便能得到一个机会,安全地从木寨撤到双峰山,这样既可以远离传播疟疾的沼泽地,又能看守好财宝。

“至于你,吉姆,”大夫说,“我一直放心不下,不过我必须照顾那些忠于职守的人。你自己未能坚守岗位,我自然管不着你了。”

今天早晨,大夫发现他为海盗们准备的那场可怕的突然打击将牵连到我，于是他连忙跑回山洞，留下特里劳尼照料船长，自己带领葛雷和本·冈恩，沿对角线穿过全岛，朝大松树这边直奔而来。但是大夫很快发现我们已经赶在他们前面，于是他派出跑得最快的本·冈恩赶到前面去牵制海盗。本·冈恩想出了一个办法，决定利用海盗迷信的弱点来吓唬他们。他这一招果然收到了奇效，终于使葛雷和大夫在海盗们赶到土坑前预先埋伏在周围。

“啊，”西尔弗说，“幸亏我和霍金斯在一起。否则，我早就被你们剁成肉酱了。”

“是的，我们会这样做的。”利夫西大夫朗声答道。

这时我们已来到停划子的地方。大夫用铁镐把其中一只砸坏，然后我们所有人一起乘上另一只划子，准备从海上绕到北海湾。

这段航程约有八九英里。西尔弗虽已累得半死，仍和我们一起划桨。不一会儿，我们便划出了海峡，绕过金银岛东南角（四天前我们曾拖着“希斯帕诺拉号”从这里进入海峡），在风平浪静的海面上疾驶。

我们经过双峰山时，看见一个人拿着枪站在黑咕隆咚的山洞旁。此人正是特里劳尼先生，我们挥动手帕向他欢呼致意。西尔弗也和其他人一样兴奋地叫喊着。

又前进了三英里左右，我们刚进入北海湾的入口，便看见“希斯帕诺拉号”在独自漂流。最后的一次涨潮已经将它冲离浅滩。如果遇到大风或者像在岛的南锚地那样汹涌的海潮，我们也许就再也找不到它了，或者即使发现了大船，它此时也必定已经触礁搁浅，无法补救。而现在的“希斯帕诺拉号”除了主桅受到局部损坏以外，其余部分均保持完好。我们重新取来一只新的铁锚，抛入一英寻半深的水中。然后我们一同划回朗姆酒湾，这是离本・冈恩的藏金洞最近的地方。最后，我们派葛雷一个人坐划子回到“希斯帕诺拉号”，在船上守夜。

从岸边到山洞入口是一段平坦的斜坡。特里劳尼在坡顶上迎接我们。他对我非常亲切和蔼，对我私自出走一事只字不提，既没有责备，也没有夸奖。但西尔弗向他毕恭毕敬行礼时，他却一下子怒火冲天，厉声说道：

“约翰・西尔弗，你这个大坏蛋、大骗子——恶贯满盈的大骗子。有人叫我不要起诉你。好吧，我可以不起诉你。但这次出海死了那么多的人，他们是不会饶恕你的。”

“谢谢您的宽宏大量，先生。”高个子约翰答道，同时又敬了一个礼。

“不准你讨好我！”特里劳尼大声说道，“我这样做完全是违背意愿的。滚下去！”

接下来我们进入了山洞。这是一个宽敞的洞穴，里面空气流通。洞里有一小股清泉和一个四周长有羊齿植物的水池。地面是沙地。斯莫利特船长躺在一大堆篝火前。透过闪烁的火光，我能隐隐约约看到远处角落里有几大堆金银铸币和堆积成立方体状的金条。这批财宝在聚集的过程中，多少人为之流过血和泪，多少艘船曾沉没海底，多少勇敢的水手为之献出了生命，多少发炮弹在海上呼啸而过，多少丑恶、欺诈和暴行一再演现，恐怕没有一个活着的人讲得清楚。这个岛上有三个人曾参与了这些罪行。他们是：西尔弗、老摩根和本・冈恩。他们都曾幻想分到一份财宝。

“进来吧，吉姆，”船长说，“从某种意义上讲，你是一个好孩子，但下次我不会带你出海了。你太任性，这是我不能容忍的。约翰・西尔弗，是你吗？你来干什么？”

“重新履行我的职责，先生。”西尔弗答道。

“原来如此。”船长再也没说什么。

当天晚上，我和我的朋友们吃了一顿丰盛的晚饭。我们品尝了本·冈恩的腌山羊肉以及一瓶从“希斯帕诺拉号”带来的陈年葡萄酒，还有其他美味佳肴。这一顿饭吃得可真香！我相信世界上再也没有比我们更快活、更幸福的人了。西尔弗坐在离火光很远的地方，但他吃得很开心。无论谁有什么需要，他立刻上前提供服务。我们开怀大笑时，他也加入进来。从现在起，他又变成了航海途中那个热心服务、有求必应的海上厨师。

第三十四章

尾声

第二天,天刚蒙蒙亮,我们就起来工作了。首先,我们得走约一英里的路,把所有黄金从山洞里搬到岸边,然后再坐划子划三英里水路把财宝运到“希斯帕诺拉号”上去。由于人手不够,这项工作进行得较为缓慢。至于滞留在岛上的那三个海盗,我们并不十分担忧。只要派一个人驻守山腰,就足以确保我们的安全。我们认为,他们已成惊弓之鸟,不大可能重新挑起战斗了。

搬运工作是这样分工的:葛雷和本·冈恩划着划子来往于朗姆酒湾和“希斯帕诺拉号”之间;其余人则在他们离岸时把财宝堆在岸边。人们用一根绳子的两端系着两锭金条,由于这已达到了一个成年人所能承载的重量,运送金条的人只能缓步行走。我因为年龄尚小,不能参与搬运工作,只好留在山洞里,整天忙着把钱币装入面包袋里。

如同比尔·博恩斯箱子里的收藏品一样,山洞里的金币种类繁多,不过数量更大,品种也更为齐全。我把整理这些钱币视为莫大的乐趣。它们中有:英国的乔治金币、法国的金路易、西班牙的杜布龙、葡萄牙的姆瓦多、意大利的塞肯金币,上面分别铸有最近一百年欧洲各国君主的头像。我还接触到许多珍奇的东方金币，有的上面铸有像绳索或像蜘蛛网般的图案。它们形状各异：有圆形、方形，有中间带孔的，串在一起可以挂在脖子上。我估计世界上几乎所有不同种类的钱币都被收集在这里了。至于数量，它们多得像秋天的落叶一样，以至于我整天弯着腰，两手不停地整理，累得腰酸背痛。

搬运工作一天又一天地进行着。每天都有一大批金银财宝装上大船，但每天晚上洞里都还剩有许多财宝等待明天再装。在这一段时间里，我们没有听到有关那三个在逃海盗的任何消息。

大约在第三天晚上，我和大夫正漫步于能俯瞰岛上低地的一座小山上，忽然，一阵风刮来，一种既像是尖叫又像是唱歌的噪声从黑糊糊的山下传入耳中。不过，我们只断断续续听到了一些尾音，接着又恢复了原来的沉寂。

"愿上帝饶恕他们，"大夫说，"这些人正是那些在逃的海盗。"

"他们都喝得醉醺醺的了，先生。"西尔弗从我们背后插话道。

西尔弗现在已能享有充分自由。尽管每天受到众人的冷遇，他仍然把自己看成一个得到大家喜爱的仆从。面对困境，他能泰然处之，始终殷勤周到地讨好所有人而毫不灰心，这种本领实在令人佩服。但是，谁也不把他当人看待，只有本・冈恩除外。他仍非常惧怕这位昔日的海盗。我对西尔弗的态度也依然如故，我确实有理由感谢他；尽管我比别人更有理由恨他。我目睹了他在高地上怎样策划一场新的阴谋。怪不得大夫在回答他时是如此不客气。

"恐怕不是喝醉了，而是在说胡话吧。"大夫说。

"你说得对，先生，"西尔弗巴结道，"不过，这跟我们没有什么关系。"

“你真是一个没有心肝的人，西尔弗先生，”大夫讥讽道，“我的想法也许会使你大吃一惊。倘若我确实知道他们是在说胡话（他们中至少有一个人正在发高烧，这我敢肯定），我一定会离开这里，不管冒多大的险，也要向他们提供帮助。”

“恕我直言，先生，如果你这样做，将会犯下不可弥补的错误，”西尔弗说，“你将失去宝贵的生命，请相信我的话。我现在是站在你们这一边了，大家情同手足，我不希望看到我们这一方的力量受到削弱，更不希望你遇到不测。你对我是有恩的。山下那伙人从来不守信用，他们也不相信你会守信用。”

“这倒是真的，”大夫说，“不过，你也不是一个守信用的人，我们都知道。”

关于那三个海盗，我们得到的最后消息便是这些。只有一次，我们在远处听到一声枪响，估计他们是在打猎。我们于是开了一次会，决定把他们遗弃在岛上。这个决定得到了本·冈恩和葛雷的热烈拥护。我们留下了大批弹药，许多腌山羊肉，部分药品以及其他日用品，如：工具、衣服、一张多余的帆、十来英尺绳子。根据大夫的特别建议，我们还给他们留下了一笔特殊的礼物：数量可观的烟草。

这差不多是我们在岛上最后做的一件事情了。在这之前，我们已经把财宝装上了船，上足了淡水，把剩余的山羊肉也带走了，以备急需。在一个晴朗的早晨，我们终于扬帆起航，把船驶出北海湾。同海盗作战时，船长曾把一面国旗升在木屋顶上。现在，这面旗帜又飘扬在“希斯帕诺拉号”上。

我们不久就发现，那三个家伙一直在密切监视我们的动向。驶过海峡时，我们曾一度靠近南面岬角。我们看到他们三个人一起跪在沙滩上，高举双手，苦苦哀求。我想我们并不忍心把他们抛弃在这样恶劣的环境里，但我们不敢冒发生第二次叛乱的风险。其实把他们带回去受审，然后送上绞架，这也算不上仁慈。大夫向他们招手，说我们给他们留下了补给品，并告诉他们上哪儿去取货。但他们仍然继续呼喊我们的名字，恳求我们看在上帝的分上，把他们带走，不要让他们死在这荒无人烟的孤岛上。

最后，他们见船并没有停下，而是越走越远，眼看就要驶出射程之外，其中一个人——我不知道是哪一个——便惊叫一声，跳起身来，对准远去的船开了一枪。一颗子弹划过西尔弗的头顶，把主帆打了一个窟窿。

我们不得不躲避在舷壁背后。等我再次探头张望时，海岬上已不见他们的踪影，海岬本身也变得越来越模糊不清。那三个人后来的情况我们就不得而知了。到了中午时分，金银岛上最高的岩峰终于消失在蔚蓝色的地平线上。我当时的喜悦心情简直无法形容。

我们人手不够，船上每一个人都得独当一面。只有船长躺在船尾的一张卧褥上指挥操作。他的伤势虽已大有好转，但仍需静养一段时间。我们把船头对准西班牙在美洲领地的最近一个港口行驶。如果我们不尽快补充水手，恐怕很难回到英国。实际上，由于风向不停地变化，再加上遭遇数次风浪的袭击，我们在尚未到达预定的港口时就已经累得精疲力竭。

到达一个风景美丽、四周有陆地环绕的海港时，正值夕阳西下。我们的船立刻被许多小船所包围，小船上载着黑人、墨西哥印第安人和混血儿，他们不停地向我们兜售水果、蔬菜，并且表示愿意潜水打捞我们扔到水中的钱币。见到这么多友善的面孔（尤其是那些黑人的面孔），品尝着热带水果特有的风味,尤其是观赏到华灯初上的美丽市容时,我们整个心都陶醉了。这里的一切与我们逗留在岛上时那种危机四伏、血流成河的场面形成了鲜明的对比。大夫和乡绅带我上岸去消磨时光。我们在岸上遇到了一位英国军舰的舰长,和他谈了一阵后,便到他的军舰上参观。总之,我们度过了一个十分愉快的夜晚,直到天色破晓时才回到"希斯帕诺拉号"。

本·冈恩正一个人站在甲板上等我们。我们刚上船,他就做出各种奇形怪状的姿势和手势向我们报告,西尔弗跑了。是他在几小时前放他坐驳船逃走的。本·冈恩试图使我们相信,他之所以这样做,完全是为了保全大家的性命。如果让这位独腿海盗留在船上,我们总有一天会被他害死。然而,事情并非仅此而已。西尔弗并不是空手而走的。他偷偷凿穿了舱壁,偷走了一袋约值三四百几尼的金币,以供日后漂泊之用。

我们都为这么便宜就把他处理掉了而高兴。

长话短说,我们雇了几名新水手后,一路顺风,平安驶回英国。当"希斯帕诺拉号"抵达布里斯托尔时,勃兰德里先生正准备派一艘船前来接应。最初乘"希斯帕诺拉号"出海的人只有五个人活着归来,"其余的都被酒和魔鬼送了命"——这句话真的被完全应验了。不过,我们的遭遇还不至于像歌中所唱到的另外一艘船那样凄惨:

"七十五人随船出海,
只剩一个活着回来。"

我们每人都分到了一大笔钱。至于这笔钱怎么花法,是理财有方还是千金散尽，这要看各人的性格和气质而定。斯莫利特船长已经不再航海。葛雷不仅没有乱花钱，而且还在一种要出人头地的强烈愿望驱使下，潜心钻研航海技术。而今他已是一艘装备精良的大商船的合股船主兼大副。他还成了家，做了父亲。本·冈恩在分得一千英镑之后，三周内就把这笔钱花光或丢掉了。说得再确切些，他是在十九天之内花光这笔钱的，因为到了第二十天，他回来时已是身无分文。以后我们给他找了一份替人看门的差事，这恰巧是他在岛上时所怕做的事。他至今仍活着，乡下的儿童都很喜欢他，常常和他一起玩。每逢礼拜天和教堂的节日，他总会在教堂里唱歌。

关于西尔弗，我们再也没有他的任何消息。这个可怕的独腿海盗终于不再和我们的生活发生关系了。但是，我敢说他一定找到了他的黑人老婆，跟着她一起（还有他们的鹦鹉弗林特船长）过着舒适的日子。我看，就让他舒服几年吧，因为他到另一个世界时，是不可能过上好日子的。

据我所知，银锭和武器至今仍在弗林特当年埋藏的地方。我当然愿意它们永远留在那里。我是决不会再去那个可怕的岛上了，即使用公牛来拖，用车绳来拉，我也不会去。我至今还常做噩梦，梦见惊涛拍岸的轰鸣。有时我会突然在梦中惊醒，而鹦鹉“弗林特船长”的尖叫“八个里亚尔！八个里亚尔！”还会在我耳边回响。

经典译林

Yilin Classics

书名	单价	书名	单价
癌症楼	78.00 元	艾青诗集	35.00 元
爱的教育	39.00 元	爱丽丝漫游奇境	29.00 元
安娜·卡列尼娜	65.00 元	安徒生童话选集	42.00 元
傲慢与偏见	36.00 元	奥德赛	92.00 元
八十天环游地球	32.00 元	巴黎圣母院	42.00 元
白洋淀纪事	39.00 元	百万英镑	35.00 元
包法利夫人	38.00 元	悲惨世界（上、下）	98.00 元
背影	28.00 元	被侮辱与被损害的人	39.00 元
边城	36.00 元	变色龙：契诃夫中短篇小说集	39.00 元
彼得·潘	35.00 元	变形记 城堡	38.00 元
草叶集：惠特曼诗选	39.00 元	茶馆	32.00 元
茶花女	35.00 元	查拉图斯特拉如是说	38.00 元
沉思录	29.00 元	城南旧事	29.00 元
吹牛大王历险记（插图版）	35.00 元	大卫·科波菲尔（上、下）	79.00 元
当代英雄	45.00 元	稻草人	29.00 元
地心游记	32.00 元	飞鸟集·新月集：泰戈尔诗选	39.00 元
飞向太空港	39.00 元	福尔摩斯探案集	58.00 元
复活	42.00 元	傅雷家书	49.00 元
富兰克林自传	36.00 元	钢铁是怎样炼成的	39.00 元
高老头	39.00 元	格列佛游记	35.00 元

书名	单价	书名	单价
格林童话全集	49.00 元	给青年的十二封信	38.00 元
古希腊悲剧喜剧集（上、下）	118.00 元	海底两万里	38.00 元
红楼梦	69.00 元	红与黑	49.00 元
呼兰河传	35.00 元	呼啸山庄	39.00 元
基督山伯爵（上、下）	108.00 元	纪伯伦散文诗经典	42.00 元
寂静的春天	35.00 元	假如给我三天光明	32.00 元
简·爱	39.00 元	金银岛	35.00 元
经典常谈	29.00 元	荆棘鸟	45.00 元
静静的顿河	128.00 元	镜花缘	49.00 元
局外人·鼠疫	38.00 元	菊与刀	35.00 元
克雷洛夫寓言	32.00 元	宽容	32.00 元
昆虫记	39.00 元	老人与海	32.00 元
理想国	45.00 元	聊斋志异	55.00 元
了不起的盖茨比	38.00 元	列那狐的故事	39.00 元
猎人笔记	38.00 元	林肯传	39.00 元
柳林风声	36.00 元	鲁滨逊漂流记	39.00 元
鲁迅杂文选集	36.00 元	绿野仙踪	32.00 元
绿山墙的安妮	36.00 元	论人类不平等的起源和基础	35.00 元
罗马神话	16.80 元	罗生门	39.00 元
骆驼祥子	32.00 元	美丽新世界	35.00 元
秘密花园	36.00 元	名人传	39.00 元
木偶奇遇记	35.00 元	拿破仑传	49.00 元
呐喊	29.00 元	牛虻	38.00 元
欧·亨利短篇小说选	36.00 元	欧也妮·葛朗台	32.00 元

书名	单价	书名	单价
彷徨	32.00 元	培根随笔全集	38.00 元
飘（上、下）	88.00 元	普希金诗选	42.00 元
骑鹅旅行记	36.00 元	乞力马扎罗的雪	39.80 元
热爱生命·海狼	38.00 元	人间草木：汪曾祺散文精选	49.00 元
伊索寓言：555 则	36.00 元	人性的弱点	39.00 元
人类群星闪耀时	36.00 元	儒林外史	42.00 元
日瓦戈医生	68.00 元	三国演义	59.00 元
三个火枪手	59.00 元	莎士比亚喜剧悲剧集	49.00 元
沙乡年鉴	42.00 元	神秘岛	48.00 元
少年维特的烦恼	28.00 元	十日谈	68.00 元
神曲（共三册）	128.00 元	双城记	45.00 元
世说新语（上、下）	89.00 元	受戒：汪曾祺小说精选	46.00 元
四世同堂（上、下）	78.00 元	水浒传	69.00 元
苔丝	39.00 元	宋词三百首	39.00 元
谈美书简	36.00 元	谈美	35.00 元
汤姆叔叔的小屋	45.00 元	汤姆·索亚历险记	32.00 元
堂吉诃德	78.00 元	唐诗三百首	39.00 元
童年	38.00 元	天方夜谭	42.00 元
瓦尔登湖	36.00 元	童年·在人间·我的大学	49.00 元
乌合之众	35.00 元	我是猫	39.00 元
雾都孤儿	44.00 元	物种起源	42.00 元
西游记	62.00 元	西顿野生动物故事集	38.00 元
悉达多	32.00 元	希腊古典神话	49.00 元
乡土中国	36.00 元	小妇人	45.00 元

书名	单价	书名	单价
小王子	29.00 元	星星离我们有多远	35.00 元
喧哗与骚动	58.00 元	雪国　古都	39.00 元
羊脂球	38.00 元	一九八四	36.00 元
一间自己的房间	36.00 元	伊利亚特	82.00 元
尤利西斯	58.00 元	月亮和六便士	45.00 元
约翰·克利斯朵夫（上、下）	98.00 元	朝花夕拾	22.00 元
战争论	45.00 元	战争与和平（上、下）	108.00 元
子夜	49.00 元	中国民间故事	39.00 元
罪与罚	66.00 元	最后一课	36.00 元